~~Tomorrow never knows~~

TOMORROW·NEVER·KNOWS
ⒸYu Miyano 2023
First published in Japan in 2023 by KADOKAWA CORPORATION, Tokyo.
Korean translation rights arranged with KADOKAWA CORPORATION, Tokyo.

내일이 사라졌다

Tomorrow never knows

미아노 유 장편소설
민경욱 옮김

하빌리스

차 례

1

INFERNO

인페르노

이 이야기는 신앙과는 인연이 없었던 내가
기적을 믿기까지의 과정을 그린 이야기이며,
지옥을 비추는 한 줄기 빛에 관한 이야기다.

이 이야기는 신앙과는 인연이 없었던 내가 기적을 믿기까지의 과정을 그린 이야기이며, 지옥을 비추는 한 줄기 빛에 관한 이야기다. *새로 태어난 이 세계*에서는 모두가 기적과 지옥을 알고 있다.

— 안녕하세요. 별일 없으시죠?

— 새로 배워야 할 게 여전히 너무 많아서 겨우 해내고 있어요. 과장님이 안 계셔서 생긴 구멍은 영 메울 수 없을 것 같지만 그래도 최선을 다해 보려고요.

— 갑작스러운 부탁이기는 한데 송별회 때 과장님이 말씀하셨던 가게에 꼭 가 보고 싶어요. 괜찮으시면 다음에 같이 한잔하러 가실래요?

아침에 일어나니 퇴사한 회사의 부하 직원이 어젯밤 12시쯤 SNS 메시지를 보냈다. 그때쯤에는 이미 잠들어 있었다. 이 집에서 보낼 마지막 밤이었고 앞으로 마음껏 잘 날이 얼마나 될지 몰라 일단 실컷 자 두자고 생각한 것이다.

하지만 마침내 결행의 날이 왔다고 생각하니 흥분되어 푹 잠들지 못했다. 그런 상태에서 때마침 도착한, 나를 걱정하는 소박한 메시지는 어느 정도 긴장을 풀어 주었다. 물론 어엿한 사회인이 전 직장 상사에게 보내는 메시지로서 적당했는지는 고려하지 않았다.

다만 그녀 또한 앞으로 내가 할 일에 충격을 받을 사람이라는 생각에 잠시 죄책감이 가슴을 스쳤다.

대학을 갓 졸업하고 입사한 그녀는 나를 잘 따랐다. 다른 상사나 선배가 교육 담당으로 따로 붙지 않고 내가 직접 지도한 일이 많았던 탓이리라. 원래 젊은 여직원이 적은 직장이었고 귀엽기는 한데 세상 물정에 좀 어두운 그녀에게 교육 담당으로 남직원을 붙이면 문제가 생길까 봐 걱정했다. 괜한 걱정일 수 있으나 그녀를 보고 있으면 어쩐지 또래인 딸이 떠올라 과잉보호한 부분도 없지 않았다. 그 애가 살아 있었다면 딱 저렇게 발랄한 신입 사원이 되어 있었겠지. 하지만 그 애는 회사원이 될 수 없고, 간호사도 교사도 제빵사도 될 수 없다. 웨딩드레스를 입은 신부가 되는 일도, 어머니가 될 일도, 아이를 품에 안을 일도 없다.

　— 지낸다니 다행이네.
　— 미안하지만 같이 식사는 못 할 것 같아.

　별생각 없이 메시지를 쓰다가 보내지 않고 바로 지웠다. 살인범이 범행 당일에 보낸 메시지라니 너무 기분 나쁘지 않겠는가.

　중년이라 불릴 나이까지 살다 보면 응당 죽이고 싶은 상대 몇 명쯤은 있기 마련이다. 하지만 반드시 죽이겠다고 마음먹은 건 그때가 처음이었고 실제로 죽이러 가는 것도 오늘이 처음이자 마지막이다.

　일이 순조롭게 진행되면 정오 무렵에는 모든 게 끝나고 체포되어 경찰 조사를 받는다. 17년간 살았던 이 집과도 끝이다. 추억이 될 만한 물건은 훨씬 전에 모조리 처분했고 그저 먹고 자고 살의를 가다듬는 공간이 된 지 오래라 딱히 쓸쓸하지도 않다.

경찰은 제일 먼저 어떤 질문을 던질까. 동기가 너무나 확실하니 언제부터 살인을 계획했는지 물을까. 솔직히 대답하면 된다. 재판에 유리하도록 잔머리를 굴릴 필요도 없다. 어떤 판결이 나오든 내 인생은 이미 오래전에 끝났으니까.

내가 언제 살인을 결심했는지 아마 아무도 모를 것이다. 판결이 내려지고 짐승이나 할 짓을 저지른 범인이 미성년자라는 이유만으로 몇 년도 안 돼 사회에 나온다는 사실이 분명해졌을 때였을까? 아니다. 공판에서 처음 맞닥뜨린 범인의 얼굴에 죄책감이라고는 찾아볼 수 없었던 순간이었나? 그것도 아니다. 그렇다면 시체 안치소에서 너무나 끔찍한 딸의 시신과 대면했을 때였을까? 아니, 내가 살해를 결의한 건 훨씬 전이다. 경찰의 연락을 받고 장대비를 뚫고 운전하는 가운데, 인생에서 가장 무시무시한 공포에 시달리면서도 한 가지 가능성이 머리를 스친 순간이었다.

만약 신원을 확인해 달라고 한 시신이 정말 그 애라면? 그렇게 착한 애가 꽃다운 나이에 죽는다는 부조리한 일이 이 세상에 있어서는 안 된다. 그러니까 그 시신은 틀림없이 다른 사람이다. 그 애는 비를 피하느라 귀가가 조금 늦어졌을 뿐 지금쯤 나와 엇갈려 집에 왔을지 모른다. 그렇게 생각하려 필사적으로 애를 쓰면서도 마음 저 깊은 곳에서는 다른 가능성이 또렷이 떠오르고 있었다.

경찰은 시신을 강에서 인양했다고 했다. 그 애는 비가 퍼붓는 날 불어난 강가 근처에 가서 실수로 떨어질 만큼 어리석지 않다. 그런데도 만약 그 시신이 딸이라면 사건에 휘말렸다는 뜻이 아닐까. 맞다. 누군가에게 살해되어 강에 버려졌다…….

머리를 흔들어 떼어 내려 해도 최악의 상상은 머릿속 깊숙한 곳에 자리를 잡았다. 그리고 그때 이미 결심한 것이다. 만약 그런 일이 일어났다면, 누군가 그 애를 죽였다면 반드시 내 손으로 그놈을 처단하겠다고.

그때 품은 살의는 한순간도 무뎌지지 않았다. 빛을 잃은 눈을 반쯤 뜨고 뭔가를 속삭이려는 듯 이를 살짝 드러낸 채 입을 벌리고 죽은 딸의 얼굴을 시체 안치소에서 마주했을 때 그 의지를 지탱하는 가장 강력한 토대가 생겼다. 오른뺨이 퉁퉁 부어 있고 왼쪽 눈꺼풀 위에 깊은 자상이 벌어져 있었으나 피가 흐르진 않았다.

심장이 얼어붙을 것만 같았다. 정말 얼어붙어 죽어 버렸으면 좋았을 텐데. 그런 슬픔과 절망은 단 1분도 견딜 수 없었다. 부모라면 누구나 마찬가지일 것이다. 머릿속으로 최악의 가정을 했더라도 충격은 줄어들지 않았다. 게다가 그 순간에도 이 세상이 그 애와 내게 이토록 잔혹한 짓을 저지를 리 없다고 믿고 있었다.

그러나 나를 기다리고 있던 현실은 상상을 훨씬 뛰어넘는 것이었다.

내 마음은 형사의 설명을 차단하려 했다. 이건 현실이 아니야. 이런 현실은 없어. 마음속으로 수없이 중얼거렸다.

— 시신은 알몸 상태로 시트에 싸여 강에 유기되었다.

— 성행위 흔적이 있는데 성범죄가 유력하다.

— 혈액에서 대량의 약물이 검출되었고 팔에는 생긴 지 얼마 안 된 주사 자국이 있다.

— 직접적인 사인은 익사이고 의식이 없는 상태에서 강에 던져졌을 가능성이 크다.

그날부터 내 눈에 보이는 세계가 완전히 변했다.

아무 죄도 없는 소녀가 폭행당하고 살해된다. 왜 이런 일이 벌어질까? 그날 이후로 수없이 생각했다.

그 이유는 이 세계의 본질이 지옥이기 때문이다.

사람의 형태를 한 악마가 수많은 사람에 섞여 배회하는 세계. 악마는 다른 사람에게 고통을 주려는 욕망에 따라 주저 없이 상대를 짓밟는다.

그 애가 맞닥뜨린 상대는 두 살 차이밖에 안 나는 열여섯 살 소년이었다.

불량이라는 단어를 그대로 옮겨 놓은 듯한 행동으로 잘 알려져 있던 범인은 바로 체포되었다. 마치 체포 따위 두렵지 않다는 듯 온갖 증거를 남긴 채.

하지만 범인은 죄를 순순히 인정하려 하지 않았다.

경찰 조사에서 빤한 거짓말을 늘어놓으며 형을 피하려 했고, 이를 위해 피해자의 명예 따위는 아무렇지 않게 짓밟았다. 여중생의 순결을 짐승처럼 유린했을 때처럼.

— 그날 처음 만난 애인데 가자고 하니까 그냥 따라갔다.

— 엄한 부모와 교사가 지긋지긋해서 일탈하고 싶다고 했다.

— 처음이라고 해서 아프지 않도록 주사를 놓고 기분이 좋아지면 할 생각이었다. 그 애도 좋아했다.

— 주사 양이 너무 많았는지 얼마 있다가 갑자기 쓰러졌

다. 숨을 쉬지 않기에 죽은 줄 알고 무서워서 강에 버렸다.

변호사가 알려 준 게 아님을 직감적으로 알았다. 범인은 웃기지도 않은 거짓말을 스스로 생각해 내고 유족인 내 앞에서 떠들어 댔다. 그 애를 죽이고 또다시 능욕했다.

공판 중에 칼을 품고 들어가 녀석을 덮쳤어야 했다. 어차피 열여덟 살 미만인 범인이 사형을 선고 받을 일은 없을 테니 그 자리에서 끝을 봤어야 했다. 그러나 절망은 사람의 손발을 묶는다. 증오가 아무리 강해도, 무슨 일이 있더라도 내가 저놈을 죽이겠다는 결의가 있어도, 절망에 집어삼켜지고 허무함에 지배되어 제대로 먹지 못한 몸으로는 놈의 목숨줄을 확실히 끊어 놓을 수 없었다.

아주 오랜 시간을 기다려야만 했다. 그 시간 동안 활활 타오르는 복수의 불꽃만이 얼어붙은 심장의 피를 따뜻하게 데워 줄 수 있었다.

재판이 진행되는 동안 무기력한 태도로 일관했다. 법은 소년을 매장하거나 평생 감옥에 넣지 못한다. 그러나 나는 어떤 환경에서든 놈이 살아 있는 걸 봐 줄 마음이 없었으므로 놈이 하루라도 빨리 바깥세상에 나오길 바랐다. 그러면 내 손으로 죽일 수 있다. 하지만 살의를 겉으로 드러내선 안 된다. 경찰의 주의를 사서 그들이 범인을 보호하면 득 될 게 없다. 그래서 재판 중에도, 판결이 내려진 뒤에도 초췌하고 무기력한 유족을 연기했다.

직장에 복귀해 일에 매진했다. 딸을 빼앗긴 슬픔을 일로 메우려 한다. 주위 사람들이 오해하게 하는 데 성공했다. 아무도 내가 복수의 기회를 노리고 있는 줄은 몰랐을 것이다.

2년 전 과장으로 승진했다. 책임 있는 자리에 있으면서 체포되어 회사에 폐를 끼친다면 마음이 불편할 듯해 석 달 전에 사직서를 제출했다. 그럼에도 내가 살인자가 되면 슬퍼할 사람이 많다는 사실은 충분히 알고 있다. 하지만 그 또한 복수에 비하면 사소한 문제다. 누가 뭐라든 이 복수야말로 죽은 내 딸에 대한 사랑을 증명할 최고의 방법이라고 믿어 의심치 않는다.

무슨 일이 있어도 사람을 죽이면 안 된다고 생각하는 사람은 범인을 *죽이지* 않는 걸 *스스로 정당화*할 수 있으리라. 하지만 나는 놈을 죽이는 데 털끝만큼의 죄책감을 느끼지 않는다. 무기력에 지배되어 내 몸을 마음대로 가누지 못했던 시간도 다 지나갔다. 게다가 부모님이 모두 돌아가시고 형제도 없어서 살인범의 가족으로 몰려 불행해질 사람도 없다. 그런데도 실행에 옮기지 못한다면 이유는 오직 하나, 체포되어 감옥에 가고 싶지 않은 것이다. 반대로 감옥에 가는 것을 두려워하지 않고 복수를 감행한다면 내 아이의 사랑을 증명하는 게 되리라. 그리고 그렇게 되어야만 비로소 내 딸의 무덤 앞에서 웃을 수 있을 것 같았다.

살의를 다시금 곱씹고 마지막으로 가방 안의 물건을 점검한 다음 집을 나섰다. 썰렁한 집은 굳이 문을 잠글 필요도 없었다. 경찰은 오늘 당장 이 집을 조사하러 올 것이고, 어차피 그때 열릴 것이다.

도로까지 나와 택시를 잡고 목적지인 병원으로 향한다. 집에서 꽤 먼 거리였으나 새삼 택시비를 아낄 이유도 없다.

"그 병원, 대기 시간이 꽤 길죠?"

젊은 운전사가 말을 걸어왔다. 병문안을 가는 게 아니라 당연히 진료를 보는 거라고 생각했을 것이다. 내가 앉은 자리에서는 룸 미러에 내 얼굴이 보이지 않았으나 내 낯빛이 평범하지 않다는 것 정도는 상상할 수 있었다.

대충 얼버무리자 운전사도 더는 대화를 이어 나가려 하지 않았다. 최대한 자연스럽게 행동할 생각이었는데 운전사는 이미 오순도순 얘기할 상대가 아님을 알아차린 듯하다. 호감 가는 얼굴의 운전사는 더는 뒤를 보지 않고 조용히 운전만 했다.

병원에 도착해 건물로 들어가기 직전 멈춰 서서 하늘을 올려다봤다. 딸이 살해된 날과는 대조적으로 화창한 하늘이 펼쳐진 가운데 하얀 구름이 떠 있고 시원한 바람이 부는 기분 좋은 날이었다.

병원에 들어가 짐짓 병문안을 온 사람처럼 보이도록 의식하며 3층 병실로 갔다. 그러나 복도를 지나가는 간호사가 주의 깊게 관찰했다면 열에 들떠 덜덜 떨고 있는 모습을 바로 알아차렸을 것이다.

단숨에 일을 끝낸다. 수없이 정해 놓은 순서들을 마지막으로 재차 확인한다. 딸의 원통함을 생각하면 편안하게 끝내지 말고 단 1분 정도의 시간일지언정 최대한 고통을 주며 죽여야 하겠으나 핵심은 실패하지 않는 것이다. 지금까지 폭력과는 인연이 없는 삶을 살아왔다. 아무리 증오하는 대상이라도 인간의 육체를 찌르는 감촉과 뿜어져 나오는 피에 제정신을 유지하리라는 보장이 없다. 고통을 가하다가 당황하거나 정신을 잃어 최후의 일격에 실패하면 모든 게 물거품이 된다. 그러므로 빠르고 확실하게 죽여야 한다.

탐정에게 딸을 죽인 범인의 뒷조사를 의뢰했다. 그놈은 오토바이 사고를 내고 한쪽 다리가 부러져 이 병원에 입원 중이라고 했다. 소식을 듣고 기쁨에 온몸이 떨렸다. 기쁨이라는 감정은 사건 이후 봉인해 놓았던 터라 내가 그토록 강렬한 기쁨을 느낄 수 있다는 데 놀랐다. 절호의 기회다. 아아, 드디어 결행의 시간이 왔다.

계단을 올라 병실이 늘어선 복도로 나왔다. 탐정이 제대로 조사했다면 놈은 다리에 복합 골절상을 입어 깁스를 하고 있을 것이다. 잠들어 있지 않더라도 침상에 누워 있다면 재빨리 일어나 저항하기 어려울 것이다.

병실 앞에서 걸음을 멈췄다. 좌우를 살펴 아무도 없음을 확인하고 가방에 손을 넣어 식칼을 움켜쥐었다. 아직 가방에서 꺼내지는 않는다. 떨리는 손이 멈출 줄을 모른다. 심호흡으로 마음을 가라앉히며 이제 조금만 지나면 모든 게 끝이라고 스스로를 다독인다.

살아생전 딸의 웃는 모습을 떠올린다.

갓 태어난 그 애를 품에 안았을 때의 감촉을 떠올린다.

이 세상의 모든 잔혹함으로부터 이 애를 지키고 싶다. 온 마음을 다해 빌었고 그럴 수 있을 줄 알았다.

마지막으로 플래시백처럼 죽은 그 애의 얼굴을 떠올린다. 떨림이 멈췄다. 이제 괜찮다. 나는 반드시 해낼 것이다.

병실로 들어가니 탐정이 조사한 대로 놈은 창가 침상에 부러진 다리를 매달고 있다. 성큼성큼 다가서는 나를 바라보는 얼굴은 그놈이 틀림없다. 죽은 물고기 같다는 비유가 딱 들어맞는 생기 없는 얼굴은 입원 신세를 진 탓이 아니다. 재판 중에도 이놈은 늘 이런 눈을 하고 있었다.

내가 침대 바로 옆에 섰을 때까지도 놈은 아무것도 떠올리지 못한 모양이었다. 의아한 표정으로 무슨 말을 하려 했는데 그전에 내가 가방에서 손을 뺐다. 움켜쥔 식칼을 복부에 들이댔다. 오래전에 딱 한 번 동료가 낚은 연어를 나눠 줬을 때 손질해 본 경험이 있다. 그때 생선 배에 식칼을 넣었던 것과 그리 다르지 않은 감촉으로 칼이 그놈의 몸에 들어갔다. 절규가 터져 나올 때까지 2, 3초의 시간이 흐른 듯하다. 그때는 이미 환자복에 피가 번져 서서히 붉은 타원형을 그리고 있었다.

놈이 휘두른 팔에 맞아 잠시 물러나는 바람에 칼이 배에서 빠졌다. 붉은 타원형이 빠른 속도로 퍼지는 순간 정신을 차렸다. 얼른 더 찌를 생각이었는데 사람을 찔렀다는 감촉에 나도 모르게 손이 멈추고 말았다. 정신을 가다듬고 다시 칼을 휘둘렀다. 놈은 팔을 뻗어 막으려 했으나 필사적인 저항에도 칼은 허무하게 배로 빨려들어 갔다. 세 번, 네 번, 다섯 번 찌르고 있자니 내 몸을 때리던 팔에서 힘이 사라졌다.

그동안 놈의 입에서는 말이 되지 못한 절규와 신음만이 흘러나왔다. 사실은 죽이기 전에 사죄나 회한의 말을 끌어내고 싶었으나 이 상태로는 어려울 듯하다. 복도를 달리는 발소리가 다가왔다. 병원 경비원이 제압하려 들 텐데 관계없는 사람을 다치게 하고 싶지 않다. 서둘러 마지막 일격을 꽂기로 결심한다. 목을 노려 힘껏 식칼을 휘둘렀지만 크게 벗어난다. 턱뼈에 맞아 미끄러진 칼이 뺨을 가르고 떨어져 이불에 꽂혔다. 벌어진 상처에서 잇몸과 이가 슬쩍 보였다.

처참한 광경에 올라오는 구역질을 참으며 이번에는 서두르지 않고 칼끝을 목덜미에 댔다. 힘없는 손이 내 팔을 잡는 순간 두 눈이 마주쳤다. 놈이 내 딸의 인격과 존엄과 인생, 그리고 인간의 윤리마저 모두 무시했던 것처럼 그의 호소하는 눈빛을 완전히 무시하고 온몸의 힘을 다해 찔렀다. 배수구가 막혔을 때와 비슷한 소리가 나더니 입에서 흘러나온 피가 하관을 빨갛게 적셨다.

병실에 뛰어든 간호사가 비명조차 지르지 못하고 숨을 삼켰다. 멀거니 그녀를 바라봤다. 숙련된 간호사처럼 보였다. 얼어붙은 듯 한마디도 못 하고 있다가 눈이 마주치자마자 뒷걸음질했다. 나는 개의치 않고 오른팔에 힘을 줬다. 힘이 제대로 들어가지 않았는지 두 손으로 칼을 빼야 했다. 선혈이 뿜어져 나오자 간호사가 비명을 질렀다.

"경찰! 경찰 불러요! 환자가 칼에 찔렸어요!"

간호사의 목소리를 들으면서 벌어진 놈의 눈이 움직이지 않는 걸 확인했다. 안심하고 칼을 놓으려 했으나 움켜쥔 오른손이 경직되어 펴지지 않았다. 떨리는 왼손으로 손가락을 하나씩 떼어 냈다. 검지를 풀자 그제서야 칼은 날카로운 소리를 내며 바닥에 떨어졌다. 병실 앞에 모여든 간호사와 의사들이 순식간에 내게 뛰어들었다면 쉽게 제압할 수 있었을 텐데 그들은 마른침을 삼키며 멀찍이 서서 살인범을 지켜보기만 했다.

이후의 일은 잘 기억나지 않는다. 경비원이 오자 적의가 없음을 표현하려고 두 손을 들어 보였고 곧 제압되었다. 긴급 출동한 경찰에 인도되어 모든 질문에 대답했다. 자백의 증거도 금방 찾았다.

　모든 일을 끝냈다는 허탈감에 사로잡혀 꿈을 꾼 듯 몽롱하게 조사 시간을 흘려보냈다. 다만 어느 정도 사정을 알게 되자마자 형사가 고압적인 자세를 풀고 정중하고 깍듯이 대해 주어 인상에 남았다.

　경찰서에서 잠들며 만족감을 느꼈다. 경찰 조사건 재판이건 교도소 생활이건 두렵지 않다. 할 일을 다 끝냈다. 딸과의 추억을 떠올리며 여한도 목표도 없는 날들을 평온하게 살면 그만이다. 자살은 생각하지 않았다. 적어도 지금은 마음이 후련했고 앞으로의 시간이 죽을 만큼 고통스러울 것 같지도 않았다. 딸을 죽인 그놈이 태연히 살고 있다는 사실을 견딘 날들에 비하면 죄인으로 몇 년 갇혀 있는 건 아무것도 아니었다.

　싸늘한 지하실 공기가 이제까지의 흥분을 완전히 가라앉혔고, 긴 하루의 피로는 나를 순식간에 잠으로 인도했다.

　눈을 떴는데 너무나 익숙한 방의 천장이 눈에 들어왔다.

　그 사실을 명확히 인식한 순간 몸을 벌떡 일으켰다. 잠이 싹 달아났다.

철창 속에서 하룻밤을 보내야 했을 내가 왜 여기 있는 거지?

주위를 둘러보고 나를 내려다본다. 아무리 봐도 우리 집 침실에서 잠옷을 입고 있다.

잠시 넋을 놓고 있다가 휴대 전화를 보니 오늘 날짜가 표시되어 있었다. 틀림없이 잠들기 전의 날짜, 즉 그놈을 죽이기로 한 날짜였다.

TV를 켜고 확인했다. 역시 그 날짜다.

상식적으로 생각하면 내가 한 일이 다 꿈이었다는 소리다. 결행 전날 흥분한 의식이 만들어 낸 너무나 생생한 꿈. 하기는 사람을 죽인, 아니, 앞으로 죽일 건데 제정신인 것도 이상하다. 믿기 힘들었으나 이런 상황에서는 잠에서 깨돌이켜 봤을 때 실제로 벌어진 듯한 긴장감 넘치는 꿈을 꿀 수 있겠지.

마음이 개운하지 않았으나 어쨌든 이제부터 오늘 할 일은 정해져 있다. 꿈속에서 리허설을 했다고 생각하니 오히려 진짜 결행할 때 성공률을 높일 수 있을 듯싶다.

꿈이 어찌나 생생하던지 아직도 내게 튄 피의 뜨거움, 코를 찌르는 피 냄새, 무엇보다 사람의 몸을 관통하는 칼의 감촉이 선명하게 떠올랐다. 그렇다고 겁을 먹고 오늘의 결행을 멈출 마음은 추호도 없었다. 꿈에서 본 것보다 훨씬 엄청난 지옥도가 펼쳐지더라도 딸의 원한을 반드시 풀리라. 꿈속에서 처참한 죽음을 선사했다고 하더라도 그 악마는 지금 현실에서 숨 쉬고 있고 반성의 기미도 전혀 없을 뿐만 아니라 퇴원하면 바로 나쁜 짓을 벌일 생각만 하고 있을 게 빤하다.

식칼을 가방에 넣고 집을 나서며 꿈속에서처럼 문을 잠그지 않는다. 시간을 확인하니 꿈에서보다 좀 이르다.

도로로 나가 택시를 잡아타고 병원으로 향한다. 머릿속에서 수없이 되풀이한 신속한 흐름과 꿈에서 실수가 있었던 동작을 비교한다. 생생했던 꿈보다 더 능숙하게 놈을 죽일 수 있을까.

병원에 도착한 순간 불안은 깡그리 사라졌다. 놈이 있는 공간에 가까워져서 살의가 강해졌기 때문이 아니다. 눈앞의 기이한 풍경에 정신을 빼앗긴 탓이다.

꿈에서 본 병원과 완전히 똑같은 병원이 눈앞에 서 있었다. 이 병원에는 처음 와 본다. 한 번도 본 적 없는 건물이 꿈에 나오다니 어떻게 된 일이지?

무슨 예지몽 같았다. 하지만 세상에는 데자뷔라는 게 있다. 실제로는 처음 보는데 어디선가 본 듯한 느낌이 든다. 이를테면 오늘 꿈에서 본 듯하다거나. 그러나 그게 다일지 모른다. 병원 건물은 어디를 가나 비슷할 테니까.

나를 설득하고 마음을 가다듬으며 병원 안으로 들어갔다. 로비도 꿈속과 똑같았다. 이 또한 데자뷔라고 다시 한 번 나를 설득했다.

드디어 병실에서 놈과 대면했을 때도 그 얼굴이 꿈에서 본 모습과 너무나 똑같았다. 그때의 기억과 지금 눈앞에 있는 놈의 헤어스타일 같은 외적인 부분이 다소 차이가 나더라도, 재판 중에 놈의 얼굴을 절대 잊지 않도록 뇌리에 각인해 놓았으니 똑같아 보이는 게 그리 불가사의한 현상은 아닐 것이다.

혼란스러움에 이런 생각을 하는 동안 놈은 자신을 응시하는 내게 경계심을 드러냈다.

"뭘 봐? 당신 누구야?"

침대 옆으로 달려가 가방에서 꺼낸 식칼을 들이댔다. 꿈을 되새긴 결과 누워 있는 사람에게 휘두르려면 칼끝이 아래로 향하도록 쥐는 게 좋겠다 싶었지만, 나는 혼란에 빠져 일반적인 방식으로 칼을 쥐고 말았다. 그러나 그대로 몸을 날리듯 침대 위의 몸통에 칼을 찌르자 꿈에서 느꼈던 것과 똑같은 감촉이 전해졌다. 똑같은 그 느낌이 너무나 기묘해 순간 움직임을 멈췄다.

놈의 주먹이 얼굴로 날아오는 바람에 정신을 차렸으나 너무 놀라 칼을 놓쳤다. 그 틈에 놈은 비명을 지르며 배에서 칼을 뽑아 위협하듯 휘둘렀다. 순간 망설였으나 놈의 상처가 치명상이 아니라는 사실을 깨달은 순간 각오했다. 절대로 실수해서는 안 된다. 정확하게 찌르지 못하더라도 녀석에게 치명상을 입혀야 한다.

칼을 쥔 놈의 오른손에 달려들어 필사적으로 칼을 빼앗으려 했지만 손가락을 풀 수 없었다. 그러는 사이에 상대가 내 머리칼을 움켜쥐고 잡아당겼다. 나는 칼에서 한 손을 떼어 과감하게 놈의 상처 부위를 눌렀다. 놈이 비명을 지르며 잡고 있던 내 손목을 놓았다. 피차 두 손이 막힌 상태에서 드잡이 중이었던 터라 눈앞에서 몸부림치는 놈의 오른팔을 물어뜯었다. 드디어 칼이 떨어졌다. 칼을 주워 이번에야말로 휘두르기 좋게 쥐고 그대로 몸을 날려 가슴 부위를 노렸다. 하지만 놈이 팔로 막아 칼끝만 간신히 들어갔다. 더 깊이 찌르려 했으나 놈은 필사적으로 내 팔을 잡고 저항했다.

그때 경비원이 병실로 뛰어들었다. 꿈속에서는 더는 되살릴 수 없는 치명상을 입혔는데! 힘껏 팔을 휘둘러 놈을 뿌리치고 전력을 다해 칼을 휘둘렀으나 놈이 뻗은 팔에 막혀 급소에 깊이 박히지 못했다. 그러고는 뒤에서 달려든 경비원에 팔을 제압당해 너무 싱겁게 포박당하고 말았다.

놈은 팔과 몸통에서 피를 흘리며 거의 움직이지 않고 있었다.

현행범으로 체포된 이후의 흐름 역시 꿈과 똑같이 진행되었으나 그런 건 어찌 되든 더 이상 상관없었다. 마음에 걸리는 일은 오직 하나였다.

그래서 조사 도중 형사가 내뱉은 한마디에 절규를 내지르고픈 충동에 사로잡혔다.

— 놈이 목숨만은 구했다.

최악의 결과였다. 나는 실패해서 살인 미수로 심판을 받고, 놈은 부상에서 회복되면 자유로운 몸이 되어 태평하게 살아간다.

형기를 마치고 자유의 몸이 되거나 집행 유예를 받더라

도, 놈이 자유롭지 못한 상태에 무방비하게 있을 때 습격할 천재일우의 기회는 다시는 찾아오지 않으리라.

머릿속이 온통 후회로 가득 차 한심하게 눈물이 쏟아지려는 걸 간신히 참았다. 감정이 엉망진창이어서 한동안 제대로 생각하기도 힘들었다. 하지만 구치소로 연행되어 추위 속에 오랫동안 방치되어 있다 보니 강한 의지가 되살아났다.

아무리 죽이기 어려워진다 해도 상관없다. 나는 반드시 성공한다.

자유를 빼앗긴 내 몸을 위로하듯 생각이 차근차근 쌓여 갔다. 다시 똑같은 칼로 습격하는 일은 확실히 어려울 것이다. 더 강력한 무기를 사용해야 한다. 이 나라에서 어렵사리 총을 손에 넣는 일과 직접 폭탄을 제조하는 일 중 뭐가 더 빠를까. 석궁 같은 건 쉽게 구할 수 있을까. 차로 쳐 죽이는 게 쉬울까. 아니다. 재판에서 집행 유예를 받도록 변호사를 고용해 상담하는 게 급선무일까.

앞날이 캄캄했으나 절대 포기하지 않겠다. 지금은 그것만 확실하면 된다.

새롭게 결의를 다지니 머릿속이 다시 살의로 가득 찼다.

얇은 담요에 누웠을 때 일련의 기묘한 데자뷔는 까맣게 잊혀졌다.

다음 날 아침 또 익숙한 내 방에서 눈을 떴다.

그제야 비로소 상식적으로 설명할 수 없는 상황에 처했음을 깨달았다.

벌떡 일어나서 한동안 반신반의했다. 신문에서 날짜를 확인했을 때 눈에 들어온 1면 기사 제목이 낯익었다. 이는 결코 단순한 데자뷔일 수 없었다. 그게 선명한 꿈이었을 가능성 역시 나 자신에 대한 변명에 불과했다. 꿈을 꾸는 도중이라면 모를까 깨고 나서도 현실과 구별되지 않는 꿈은 이제까지 꿔 본 적이 없다.

― 오늘이 반복되고 있어.

그렇게 생각할 수밖에 없었다. 하지만 도대체 어떤 일이 벌어졌기에 이런 초현실적인 현상이 일어날까.

게다가 하필 내게, 너무나 중요한 날에.

순간 머릿속이 번뜩였다. 딸이 살해된 후로는 믿은 적 없는―물론 이전에도 그랬지만―사람들이 신이라 부르는 존재가 뇌리를 스쳤다.

설마 그럴 리 없지. 문득 떠오른 너무나 나답지 않은 생각을 뿌리치려 했다. 하지만 혹시 이 '반복'이 누군가의 의사에 따라 벌어지는 일이라면 인지를 초월한 존재는 그럴 수 있지 않을까?

어떤 목적에 따라 이 '반복'이 일어나는 거라면?

그놈과 병원에 있는 사람, 경찰 관계자의 상태를 보니 나만 같은 날을 두 번 반복한 게 분명하다. 내가 딸의 원수를 죽이는 소망을 이룬 날에 인지를 초월한 현상이 내게만 일어났다는 사실은 단순한 우연이라 할 수 없다.

하나의 가설이 떠올랐다. 혹시 내가 놈을 죽이려고 해서 오늘이 되풀이되는 건 아닐까. 그렇다면 누가? 소위 신이라 불리는 존재가 내 복수를 막으려 한단 말인가?

내가 죄를 저지르지 않도록?

신이 살인을 막으려고 나를 인도하고 있다는 생각이 내게 경이로운 마음을 불러일으켰을까? 결단코 아니다. 이 세상에서는 매일 아무 죄 없는 사람들이 대단치도 않은 이유로 처참하게 살해되고 있다. 신이 그 헤아릴 수 없는 참살을 한 번이라도 막은 적 있나? 신의 존재를 인정하더라도 신은 결코 인간에게 구원의 손길을 내밀지 않는다. 그 애를 지켜 주지 않은 신이, 그 악마 같은 소년의 만행을 잠자코 눈감은 존재가 내 복수를 막을 권리는 없다. 당신이 언제나 그랬듯 조용히 입 다물고 방관하면 그만이다! 내가 고개를 숙이리라고 생각했다면 오산이다.

지난번의 실패를 바탕으로 이번에는 확실히 처리할 자신이 있었다. 그렇지만 또다시 병원에 가서 놈을 죽여도 오늘이 되풀이되는 일이 하염없이 이어진다면 과연 복수라고 할 수 있을까. 놈을 수없이 지옥에 보내도 그때마다 되살아나고 놈에게 살해당했다는 기억조차 없다면 무슨 의미가 있나?

아니다. 지금은 갈등이나 하고 있을 게 아니라 내가 아무 짓도 안 하면 이 '반복'이 끝나는지부터 시험해 봐야 한다. 놈은 당장 오늘내일 퇴원하지 않는다. 일단 오늘은 결행을 포기하고 무사히 내일이 온다는 사실을 확인한 다음 다시 놈을 죽이러 가도 늦지 않다. 그다음에 또 내일이라는 날이 반복된다면 그때 다시 어떻게 할지 생각하면 된다. 우선은 내 가설이 맞는지 확인하는 게 중요하다. 혹여 그런 게 있다면 우선 이 현상의 법칙을 밝혀내야 한다.

다양한 억측을 떠올리며 밖으로 한 발자국도 나가지 않

고 그날을 보냈다. 냉장고를 비워 버려서 식재료가 없었으나 정체 모를 공포에 식욕을 빼앗겼고 신경이 곤두서 차분히 있을 수 없었다. 가만히 있자니 나쁜 상상만 떠올랐다.

심야 시간으로 접어들었을 무렵 한 가지 의문이 떠올랐다. 정말 하루가 반복된다고 해도 만약 한숨도 자지 않고 밤을 새우면 어떤 일이 벌어질까. 이전 두 번의 '반복'에서는 성취감과 피로로 밤에 잠들어 있었다. 혹시 수면으로 말미암아 '반복'이 시작되는 건 아닐까?

오늘 밤이 길 것 같아 잠 깨우는 껌을 사러 근처 편의점에 갔다.

집에 돌아오니 밤 11시가 지나 있었다. 그로부터 4시간 반 정도 되는 시간 동안 껌을 씹으며 시계를 노려봤다.

0시.

1시.

2시.

3시.

3시 반. 3시 31분. 3시 32분…….

분명 시계에서 눈을 떼지 않고 방 안을 돌아다녔는데 다음 순간 막 깨어났을 때의 나른함을 안은 채 자리에 누워 방 천장을 바라보고 있었다. 조명은 꺼져 있고 커튼을 통과한 아침 햇살이 방을 희미하게 밝히고 있다.

— '오늘'의 시작으로 돌아왔어. 걸으면서 순간 졸았다고 생각하긴 힘들어. 이 '반복'은 수면과 관계가 없나.

그렇다면 '반복'이 시작되는 시간 역시 내가 눈을 뜨는 시간과는 관계없다고 생각하는 게 자연스럽지 않을까. '반복'의 '종점' 시간은 3시 32분일 것이다. 가령 반복되는 게 24시간이라면 '시작점'은 내가 숙면 중이던 3시 32분이라는 소리다. 하지만 24시간씩 반복된다는 보장은 없다. 어쨌든 시작점 시간에 잠들어 있는 이상 정확한 시간은 알 수 없다.

눈을 뜬 다음 하루를 어떻게 쓸 것인가는 자유롭게 선택할 수 있어도 일어나는 시간에는 거의 변화가 없다. 누군가 전화해서 깨워 주지 않는 한…….

여기까지 생각하다가 문득 깨달았다. '반복'이 내게만 일어나는 현상일까. 이 세계의 시간이 되감아지는 게 아니라 내가 느끼는 시간만 되풀이되는 듯한, 그러니까 내 뇌에서만 일어나는 주관적인 현상일까. 하지만 내가 모르는 게 당연한 조간신문과 뉴스의 내용을 알고 있고 처음 본 병원의 모습도 기억하고 있다. 그것들이 죄다 내 망상이자 착각일 가능성을 생각해 봤자 증명할 도리가 없다. 오히려 온 세계가 오늘이라는 날을 되풀이하고 있다고 생각하는 쪽이 더 현실적이다. 그렇다면 나 말고도 '반복'을 깨달은 사람이 있지 않을까?

무엇보다 '반복'에 끝이 있을까? 다음? 아니면 열 번째 또는 백 번째에 느닷없이, 어떤 조짐도 없이 오늘이 끝나고 내일이 올까. 혹은 내일로 나아가려면 어떤 조건이 필요할까. 내가 병원에 가지 않아도 '반복'이 끝나지 않는다는 사실은 알았다. 이제 시험해야 할 건 뭘까.

내 인생에 복수 외의 희망 따위 없다. 미래도 바라지 않는다. 오늘이 영원히 되풀이된다는 건 무시무시한 일이나 그 공포가 피부로 와 닿지는 않았다. 어차피 산송장처럼 살았으니까 공포라는 감정에 둔해졌을지 모른다. '반복'에서 도망치자는 절박함은 아직 없다. 그래도 어떻게든 이 수수께끼를 풀고 내일을 맞아야 한다.

오늘이 되풀이되는 한 진정한 의미에서 딸의 원수를 갚을 길이 없다. 내일이 오지 않으면 놈은 수없이 되살아난다.

이 현상이 일어난 원인에 대해 다시 생각했다.

나로서는 현상의 구조조차 생각할 수 없었다. 일종의 자연 현상이라면 내게는 너무나도 기막힌 타이밍이다. 하필 복수를 결행하는 날에 이런 초현실적인 현상에 휘말린다는 우연이 일어날 수 있을까? 나 말고 오늘이 되풀이된다는 걸 알아차린 사람이 있더라도 오늘이 내게 특별한 날이라는 사실은 변함없다.

역시나 누군가의 의사가 작동하는 건가?

딸이 천국에 있고 언젠가 딸과 천국에서 재회하리라고 생각한 적은 한 번도 없다. 환생 같은 것도 믿지 않는다. 매일 아침 불단 앞에서 합장할지언정 딸의 영혼이 위로 받으리라고 생각하지 않는다. 예전부터 영적인 현상을 믿지 않았고 세상에는 신도 부처도 없다고 확신해 왔다.

그럼에도 이 현상이 착각이 아니라는 것을 확신했을 때 가장 먼저 신이라 불리는 존재가 뇌리를 스쳤다. 신이 내게 뭔가를 시키기 위해 시간의 감옥에 가둔 거라고 말이다. 그렇다면 신이 내게 바라는 일은 무엇일까?

곧바로 떠오른 건 '용서'였다.

신은 내가 범인을 용서하길 바라는지 모른다. 용서야말로 내 영혼을 구원하는 일이라면서.

하지만 구체적인 행동을 하지 않고 방에 틀어박혀 있어도 '반복'이 일어난다. 어쩌면 단순히 그날의 결행을 포기하는 게 아니라 진심으로 용서를 해야 할지도 모른다.

나는 자문했다. 용서할 수 있나?

이 물음은 사건 후에 수도 없이 한 것이고 답은 이미 나와 있다.

세 번째 준비를 마치고 사흘 전과 같은 시간에 집을 나섰다.

거리에서 택시를 잡아탔다. 낯익은 젊은 운전사가 말을 걸었다.

"그 병원, 대기 시간이 꽤 길죠?"

병문안 가는 길이라고 대꾸하려다가 관뒀다. 오늘의 나는 더 이상 낯빛이 그리 나쁘지 않을지 모른다. 그러나 가방 하나만 달랑 들고 빈손으로 병문안을 간다고 하면 부자연스럽게 볼지 모른다.

"성가신 병이라 매일 가야 돼요."

완전히 거짓은 아니다. 누군가 절망이란 죽음에 이르는 병이라고 하지 않았나. 처음 이 택시에 탔을 때 내 마음에는 아주 시커먼 희망이 있었다. 비록 그 단어가 지닌 반짝임과는 거리가 멀지언정 그래도 그것은 분명 희망이었다. 나를 살리고 내일로 데려갈 동력.

"그러시군요. 죄송합니다."

"괜찮아요. 늘 침울해 있으면 병을 이길 수 없죠."

병원에 도착해 병실로 직행한다. 세 번째로 내가 누군지 기억해 내지 못하는 남자 앞에 선다. 말없이 내려다보는 나를 향해 놈이 고개를 돌린다.

시간을 센다. 하나. 둘. 셋.

"뭔데? 누구야?"

여섯. 일곱. 여덟.

"어이, 왜 쳐다봐? 장난해?"

말없이 놈의 뒤를 가리켰다. 놈이 고개를 돌려 뒤를 볼 때 가방에서 칼을 꺼내 들었다. 놈이 순간적으로 손을 올리기 직전 목덜미에 칼을 꽂았다. 피가 튀고 눈을 부릅뜬 놈의 목구멍에서 소리가 되지 못한 비명이 간신히 흘러나온다. 탁한 소리와 피거품은 곧 찾아올 죽음의 순간까지 이어질 고통을 연상시킨다. 그 광경을 내려다보며 용서라는 선택지를 지워 버린 정당성을 곱씹는다.

10초나 기다렸다. 증오해 마지않는 남자와 아주 가까운 거리에서 눈을 마주친 채 10초. 그래도 내가 누군지 알아차리지 못했다.

어떻게 잊을 수 있지? 말도 안 되는 이유로 자신이 목숨을 빼앗은 무고한 소녀의 유족 얼굴을? 재판에서 수없이 봤을 자신에게 증오를 퍼붓던 사람의 얼굴을?

죄책감이 없는 탓이다. 이 남자에게 그 애는 성욕을 채울 존재에 불과했다. 누군가의 자녀이자 누군가의 친구이며 누군가를 사랑하고 사랑 받을 하나의 인간으로 생각하지 않는다. 육식 동물이 초식 동물을 사냥하듯 인간을 사냥감으로만 본다. 이 남자는 인간이 아니라 짐승이다.

애당초 인간으로 태어난 게 잘못이다. 용서 따위 필요 없다. 이 남자의 생명에 의미가 있다면 그건 오직 벌을 받기 위해서다.

짐승은 사냥감과 외부의 적이라는 존재만 기억한다. 이 짐승은 재판 중 노려보는 일 말고 아무것도 할 수 없는 힘없는 존재를 경계할 적으로 보지 않았다. 내가 자신의 생명을 위협하리라는 생각은 추호도 하지 않았을 것이다. 그런 의미에서 사법조차 이 짐승의 천적일 수 없다. 젊다는 이유만으로 어떤 흉악한 범죄를 저질러도 생존을 허락하는 게 이 나라의 법이다. 그러니 스스로를 무적이라 착각했겠지. 하지만 법이 용서하든 신이 용서하든 나는 이놈을 철저히 추적할 것이다.

그냥 놔둬도 고통스럽게 죽을 테지만 '2주기 날'의 실패가 있다. 다른 손으로 다시 식칼을 잡고 복부와 허벅지를 수차례 찔렀다. 제일 먼저 간호사가 이변을 느꼈을 때 짐승은 이미 움직이지 못하는 상태였다.

이후 조사에서는 나서서 협력적으로 질문에 응했다. 묵비권을 행사하는 것보다 그편이 일을 순조롭게 진행시켜 편하겠다고 판단했기 때문이다. 구치소에 누운 시각은 '1주기'와 '2주기'보다 빨랐다.

잠든 사이 다시 돌아가리라. 용서라는 선택지를 버린 이상 각오한 일이다. 얌전히 절망에 빠져 죽을 바에야 놈을 끊임없이 죽이는 길을 선택하겠다. 신이 포기하고 시곗바늘을 다시 움직일 때까지 나와 신은 끈기를 다투게 되리라.

눈을 뜨니 다시 익숙한 방에 있고 '5주기'가 시작되었음을 깨달았다. 그러나 더 이상 절망하지 않는다.

이번에는 가방에 식칼과 함께 쇠망치도 숨겨 오전 중에

재빨리 병원으로 향했다. 앞으로 수없이 놈을 죽이게 된다면 칼의 종류와 살해 방법을 더 많이 준비하는 게 낫겠다.

'13주기' 때 변화가 찾아왔다.

병원 주차장을 나와 정면 출입구로 향하는데 그곳에 서 있던 남자가 말을 걸어왔다.

"저, 잠깐 시간 좀 내주시겠어요?"

"무슨 일이죠?"

낯빛이 상당히 좋지 않은 남자였는데 어디선가 본 듯했다.

"오늘은 어떻게 죽일 겁니까?"

질문의 뜻을 이해할 때까지, 정확하게는 질문의 의도를 이해하기까지 시간이 얼마나 흘렀을까. 아마 10초는 안 되었을 것이다. 그 시간 동안 눈을 동그랗게 뜨고 있는 내게 상대가 뭐라고 말한 듯하다.

"어떻게…… 앞으로 일어날 일을? 아니, 당신은……, 일어난 일을 알죠?"

내가 말을 계속하려는데 그가 경계하듯 뒤로 물러섰다.

"역시 그랬군요……."

이 '반복' 속에서는 내가 행동을 바꾸지 않는 한 변하는 게 없었다. 그런데 '지난 주기'에 일어난 일을 아는 남자가 갑자기 나타났다. 그가 지금 어떤 상황에 처해 있는지 아는 건 어렵지 않았다.

"설마 당신도 반복되고 있나요? 언제부터……."

그리고 깨달았다. 이어진 '반복' 속에서 그를 만난 적이 있다.

피곤한 듯한, 아니 겁먹은 듯한 표정과 사복 탓에 알아차리지 못했으나 온후해 보이는 이 얼굴은 '1주기 날'과 '4주기 날'에 탔던 택시의 운전기사였다.

"……오늘로 '9주기' 됐어요."

그 말인즉 그 사람의 반복이 시작되고 나서 나는 딸의 원수를 여덟 번 죽였다는 뜻이다. 그중 한 번은 휘발유를 붓고 불태워 죽였다. 그가 매번 뉴스를 봤다면 같은 하루를 반복하는 세계에서 온갖 방법으로 살인을 저지르는 내게 의문을 품었을 가능성이 있다.

"자세한 이야기를 들을 수 있을까요?"

남자를 병원 카페로 데려갔다. 시간은 많았다. 사냥감은 도망치지 않을 테고 내가 노리고 있는 줄도 모르니까. 시간이 바뀌면 놈의 침상 가까이에 다른 사람이 있을 수 있으나 설사 방해물이 있더라도 살인에 익숙해진 지금은 실수할 일이 없을 것이다.

"제 '루프'가 시작된 건 당신을 이 병원까지 태워다 준 날이었어요."

남자는 단도직입적으로 말을 꺼냈다. 사전에 할 말을 정리했겠지. 살인자를 자극하지 않고 어떻게 이야기를 전달할지 고민하지 않았을까.

"그렇군요. 뉴스 보고 놀랐겠어요. 살인할 사람을 범행 현장에 데려다줬으니까."

"저를 기억하세요?"

"저한테는 '4주기 날'이었어요. 실은 '반복'이 시작되기 전 '1주기'에 탄 택시 운전기사도 당신이었어요."

"그래요? 그러니까⋯⋯ 제가 루프를 시작한 원인이 당신 아닐까⋯⋯ 해서."

의외의 이야기에 당혹스러웠다. '반복'이 나에게 뭔가를 요구하는 신의 뜻이라는 가설을 세운 바 있었지만 그는 내 복수와 전혀 관계없는 사람이다. 그는 그저 손님으로서 나를 택시에 태워 병원에 데려다준 게 전부인데.

"그 말은…… 저랑 접촉해서 당신도 오늘을 반복하게 됐다?"

"물론 논리적으로 말도 안 되죠. 하지만 달리 짚이는 데가 없어서……."

바보 같은 말이라고 무시할 순 없었다. 신을 믿지 않는 나도 신이 한 일이라고 생각했을 정도였으니까. 초현실적인 현상에 빠진 게 확실한 이상 그 원인이 상식의 범주에 있으리라고 생각하는 건 너무 성급하다.

"병도 아니고. '반복'……, 그러니까 당신이 말하는 루프가 바이러스처럼 사람에서 사람으로 전염된다고요?"

혹은 그가 택시로 나를 병원에 데려다줌으로써 신은 그가 내 복수에 가담했다고 보고 천벌을 내린 걸까? 하지만 이런 황당무계한 설을 피력해 그를 더 혼란에 빠뜨려 봤자 소용없는 일이다.

"불가능한 일이라고 보시는 거죠? 근데 다른 사람도 루프를 하는 것 같고……."

"네? 무슨 말이에요?"

나도 모르게 몸을 앞으로 내밀자 남자의 몸이 굳어졌다. 그가 아는 이야기를 다 털어놓도록 일부러 살인자의 눈빛을 하고 노려봤다.

"자세히 얘기해 보세요."

"뉴스 안 보세요?"

"딸의 원수를 처단하러 가기 전에는 뉴스도 안 보고 라디오도 안 들어요. 어떤 뉴스가, 어떤 *새로운 사건*이 보도되고 있나요?"

우리 외에도 루프를 하고 있을 가능성이 있는 존재를 안다는 건 그들이 어떤 큰일을 벌였고 그게 언론에 보도되었다는 의미다.

"'1주기 날'에는 듣지 못했던 뉴스만 방화 살인 사건 한 건과 폭행 살인 사건 한 건이 있었어요. 범행은 한밤중에 발각됐고 루프 1시간 전에 속보가 떴어요."

"설마 그 두 건 모두 근처에서?"

"네, 그래서 저는 당신이 '감염원'이 아닌가 생각했어요. 그 밖에도 투신자살이 한 건. 모두 제 2주기와 8주기 사이에 일어났고 똑같은 일이 두 번 일어나지는 않았어요. 다른 지역에서도 원래는 일어나지 않았을 사건에 대한 뉴스가 있었는지는 찾아보지 못했고요."

"적어도 그 세 사람이 루프했다? 아니에요. 사건을 저질러도 당일에 발각돼 체포된다는 법은……."

아무도 몰라서 사건조차 되지 못하면 제삼자는 그날의 일을 알 도리가 없다.

"모든 사람이 큰일을 저지르지는 않겠죠. 저 역시 뉴스에 나올 만한 일은 전혀 하지 않았으니까요."

이번에는 내가 눈앞의 남자에게 겁에 질린 눈빛을 던질 차례였다. 미간에 주름을 잡은 그가 고개를 끄덕였다. 만약 나와 택시 운전사의 상상이 맞는다면 이 순간 수십, 수백, 어쩌면 그보다 많은 사람이 루프에 휘말려 있을 가능성이 있다.

"그렇다면 정말 큰일……."

자신과 마찬가지로 하루가 수없이 반복된다는 사실을 알았을 때 인간은 어떻게 행동할까. 재판을 통해 인간이 얼마나 추하고 악하고 더러운 생명체인지 깨달았다. 인간의 악덕에 관해 세상 사람들이 안다고 착각하고 있는 것보다 훨씬 많은 사실을 알게 되었다. 나는 평화롭게 사는 한 절대 접할 일이 없는 인간의 어두운 부분과 마주했기에 잘 안다. 상상이 아니라 확신한다.

같은 날이 되풀이된다는 말은 곧 어떤 법에도 얽매이지

않는다는 얘기다. 그리고 족쇄가 사라지면 인간 안에 숨어 있던 짐승이 나타나 욕망이 시키는 대로 희희낙락거릴 것이다.

"루프하는 인간은 무슨 짓을 하더라도 하루만 지나면 없던 일이 되죠. 그렇다면 마음대로 행동하는 사람도 나타날 거예요."

"게다가 루프하는 사람이 늘어나고 있을지도 몰라요. 만약 엄청나게 많은 사람들이 루프한다면……?"

적어도 기존 질서가 무너질 거라는 사실만은 확실하다. 하지만 무시무시한 상상과 동시에 희망적인 가능성을 생각했다.

"아까 투신자살한 사람이 있다고 했는데 그 사람에게도 루프가 일어난 게 아닐까요?"

"네, 아마 그럴 거예요. 루프를 악몽이라고 착각하고 죽으면 꿈에서 깨리라 생각했겠죠."

"하지만 빠져나갈 방법이 없었겠죠. 루프는 개인의 뇌나 정신적인 문제로 생기는 게 아닐 거예요. 세상 전체가 루프하고 있고 이를 깨닫는 사람이 나타나고 있다고 생각해야 말이 돼요. 자살을 하든, 아니면 무슨 짓을 하든 루프에서 벗어날 방법은 없어요. 그저 다시 새로운 날이 시작될 뿐이에요. 혹은 죽음으로써 루프를 깨닫기 전 상태로 돌아갈 방법도 가능……? 잘 모르겠네요."

"투신자살한 사람이 루프에서 벗어나지 못했다고 해서 또 도전하리란 법은 없어요. 뉴스에서 투신자살을 한 번만 보도했다면 그 사람이 계속 루프하고 있다고 판단할 수 없어요."

"무엇보다 그날 일어나는 일이 루프를 인식한 사람의 간섭이 없으면 늘 똑같으리라는 법은 없지 않을까요……. 그렇다면 어떤 사람이 자살하려고 빌딩 옥상의 펜스를 넘은 다음 한 걸음을 내딛느냐, 아니냐의 문제겠죠. 어쩌면 그 사람이 '한 걸음을 내민 날'과 '그렇지 않은 날'이 있을 수도 있겠네요. 그렇다면 자살한 사람이 반드시 루프를 깨달은 사람이란 법도 없어요."

순간 의문이 솟았다. 이 택시 운전사는 일부러 살인범을 만나러 온 의도가 뭘까. 그저 똑같은 일을 당하고 있는 사람에게 상담이나 하러 온 건 아닐 것이다.

"만약 자살해서 루프를 깨닫기 전으로 돌아갈 수 있다면 시도할 거예요? 아마 당신 기억만 하루씩 재설정될 뿐 세상은 여전히 루프를 계속할 텐데."

"아뇨, 그렇다고 한다면 죽을 마음이 생기지 않아요."

기억이 다음 주기로 넘어가지 않으면 주관적으로는 루프에서 벗어났다고 생각할 수 있다. 하지만 달리 루프를 인식하고, 또 앞으로 인식할 수많은 사람이 있을 가능성을 고려하면 그 행동은 무질서해질 세계에서 가장 대책 없는 행동이다. 아무리 지독한 일을 당해도 기억하지 못한다고 할지라도.

"그렇죠. 시도해 볼 다른 방법이 있을까요……."

내가 중얼거리니 그는 눈을 내리깔고 우물거렸다. 뭔가 있구나. 애당초 나를 만나러 온 이유도 그 말을 하기 위해서겠구나. 그는 한참 바닥만 보다가 마침내 입을 뗐다.

"실은 루프를 끝낼 방법이 하나 있어요."

"뭐죠?"

"아까도 말했지만 저는 이 현상이 일어난 계기가 된 게 당신이라고 생각해요. 그러니 당신이 없어지면……."

마침내 그가 무슨 말을 하려고 찾아왔는지 깨달았다. 나는 그의 용기에 경의를 표하고 싶어졌다.

"나보고 세상을 위해 죽으라고요?"

살인자에게 그런 부탁을 하러 오다니 사뭇 두려웠으리라.

"그게……, 네, 그렇습니다."

새삼 살펴볼 필요도 없이 그는 흉기를 소지하지 않은 빈손으로 보였다. 자기 손으로 나를 죽이러 온 건 아닌 듯하다. 그럴 생각이었다면 두말없이 뒤에서 찔렀겠지.

"놈을 죽인 다음에 자살하라고요?"

"……네."

이 세계를 위해 죽는다. 그 애를 잃은 세상이 그럴 만한 가치가 있는 지켜야 할 존재인가. 확실히 원인이 나라면 죄책감이나 책임감 같은 게 조금은 생길지 모른다. 하지만 남자의 이야기는 어디까지나 그럴싸한 근거 하나 없는 가설에 불과하다.

하지만 그렇다 해도…….

"……아까 물었죠? 오늘은 어떻게 죽일 거냐고."

단순히 내 반응을 보려고 던진 질문이었을까. 하지만 불현듯 이제까지의 일들을 누군가에게 얘기하고 싶어졌다.

"이제 식칼은 아주 익숙해졌어요. 실패를 걱정할 필요도 없죠. 그래서 놈에게 더 고통을 줄 방법이 없을지 고민하다가 지난번에 휘발유를 가져왔어요. 하지만 자칫 잘못하면 병실에 불이 날 수 있어서 더는 안 하기로 했어요. 칼만으로도 충분히 고통을 줄 수 있으니까요. 하지만…… 아무리 고통스럽게 죽어도 결국은 제자리로 돌아와요. 진정한 의미에서 딸아이의 원수를 갚을 수 없어요."

하지만 내 죽음으로써 시곗바늘이 앞으로 나아갈 수 있다면.

"이 세상을 위해 죽고 싶은 마음은 없지만 오늘을 끝내고 놈이 없는 내일이 온다면 목숨은 아깝지 않아요."

살 이유가 아니라 죽을 이유가 생겼다. 그렇다면 해야 할 일은 정해져 있다.

병실에 들어가자 놈은 이미 일어나 휴대용 단말기를 조작하고 있었다. '6주기'부터는 놈이 아직 일어나지 않은 시간인 오전 9시쯤 왔는데 카페에서 대화를 나누는 바람에 늦어졌다. 다행히 이 시간에도 주위에 사람이 없었다. 놈이 휴대용 단말기에서 고개를 들자마자 가방에서 꺼내 등 뒤에 숨기고 있던 식칼을 하복부에 찔러 넣었다. 억눌린 신음 소리와 함께 얼굴을 가리고 있던 단말기가 떨어지는 바람에 노리기 힘든 목덜미를 벨 수 있었다. 목소리가 되지 못한 비명을 들으면서 칼을 차례차례 바꿔 쥐며 갈비뼈 틈에 찔러 넣었다.

완전히 숨통을 끊어 놓은 건 아닌데 양쪽 폐에 구멍이 난 느낌이 났다. 놈의 팔에서 완전히 힘이 빠지고 입에서 피거품이 뿜어져 나오는 모습을 보고 바로 병실을 나왔다. 지나가던 사람들이 비명을 질렀으나 피 칠갑을 한 채 칼을 든 나를 제지하려는 이는 없었다. 특별히 서두르지 않고 맨 꼭대기 층으로 가서 복도 창 앞에 섰다. 7층에서 내려다본 땅 아래 풍경은 죽음을 실감하게 했다.

가방에서 쇠망치를 꺼내 활짝 열리지 않도록 만들어진 창문을 깬다. 유리 파편에 손이 베었으나 상관하지 않는다. 수차례 쇠망치를 휘둘러 남은 유리를 제거한다. 창틀에 다리를 걸고 심호흡했다. 주저할 이유 따위 없었다. 잘하면 이 고통스러운 루프에서 자유로워진다. 만약 다시 내 방에서 눈을 뜨더라도 더 이상 나빠질 건 없다. 이 현상에서 도망칠 수 없다는 것만 확실해질 뿐이다. 다만 세 번째 가능성이 옳다면? 루프는 계속되는데 나만 인식하지 못한다면? 그래도 상관없다. 루프에 대한 기억을 잃은 나도 반드시 딸의 원수를 갚기 위해 이곳에 올 테니까.

바람에 앞머리가 나부낀다. 다른 한 손이 창틀을 꼭 쥐고 놓을 마음이 없음을 깨닫는다. 다리가 덜덜 떨린다. 단지 창틀 위에 쭈그리고 있는 게 힘들어서가 아니다. 뛰어내리는 게 무섭다. 몸을 던지는 게 너무 무섭다.

아니, 이렇게 한심할 수가 있나. 이제까지 수없이 살인을 저지른 사람이 새삼스럽게 본인의 죽음을 두려워하다니. 생각해 보면 놈을 죽인 후의 교도소 생활을 담담히 받아들이자는 마음은 먹었으나 성공하면 스스로 목숨을 끊는다는 길은 진지하게 검토한 적이 없었다. 아무것도 남은 게 없는 주제에 자기의 죽음을 두려워하다니. 어쩌면 딸의 죽음을 지켜보며 잔혹하고 무자비하고 무의미한 죽음의 본질을 알았기 때문일지 모른다.

망설이는 사이 주위에 사람들이 모여들었다. 투신을 막으려고 달려들지 못하도록 사람들을 향해 칼을 내밀어 위협했다.

스스로 용기를 내려고 모든 게 끝날 가능성을 다시금 믿어 본다. 나는 이 무의미한 날들에서 자유로워지고, 택시 운전사와 다른 '루퍼(순환자)'들에게는 내일이 온다.

그리고 무엇보다 그 짐승도 더는 되살아나지 않는다. 아무리 죽여도 되살아나는 놈의 죽음을 확정하자! 여기서 뛰어내리는 건 놈의 심장에 칼을 박아 넣는 것과 같다!

창틀에서 손을 떼고 공중으로 몸을 날렸다.

─ 눈을 떴을 때 모든 게 헛수고였음을 깨달았다.

'14주기'의 시작이었다. 다시금 각오를 다졌다.

병원에 가니 '13주기' 때와 마찬가지로 택시 운전사가 기다리고 있었다. 내가 다가가자 복잡한 표정을 지으며 고개를 숙였다.

"과감하게 뛰어내렸는데 아무것도 변한 게 없네요."

"죄송합니다. 괜한 일을 부탁드려서."

"아니에요. 언젠가는 시도해 볼 수밖에 없던 일이에요. 하지만 막막하네요. 아, 다양한 자살 방법을 시도해 볼 수는 있겠으나 아마도……."

"네, 이 현상은 끝나지 않겠죠……."

지독하리만치 침울한 그를 보며 나는 그만큼 낙담하지 않았음을 자각했다. 시간의 감옥에 갇혀 영원히 탈출할 수 없을지 모르는데 공황 상태에 빠지지 않고 담담하게 준비를 마치고 또 이리로 왔다.

아직 이 상황이 얼마나 무시무시한지 실감하지 못해서일까. 아니다. 내가 평정심을 유지할 수 있는 이유는 그보다 큰 절망을 알기 때문이다. 부모가 그런 식으로 자식을 빼앗긴 것보다 더 큰 비탄이 세상에 존재할까? 그에 비하면 하루의 반복쯤 사소한 희극에 불과하다. 특히 내가 할 일이 분명하다면 공포와 절망도 없다.

"……앞으로도 여기 오실 거예요?"

그가 조심스럽게 물었다. 나는 미소를 지으며 대답했다.

"네, 무모한 반복이 아닐까 생각한 적도 있지만 그렇지 않다는 걸 알았으니까요."

그리고 '27주기', 마침내 기다리고 기다리던 때가 찾아왔다.

병실에 들어간 순간 평소와 분위기가 달랐다. 이 시간이면 막 깨어났을 놈이 상반신을 일으키고 있었다. 다가가니 놀라며 이쪽을 힐끔 보고 절규했다.

"으아아아악! 왔어! 왔잖아!"

드디어 이날이 왔다. 더러운 욕설이 날아드는데도 개의

치 않고 자연스럽게 미소를 지었다.

놈의 기억이 남아 있다. 놈의 '2주기'가 시작된 것이다.

요즘 들어 병원에서 보는 환자와 직원 수가 줄었다. 아침 TV에서는 연일 *새로운 뉴스*가 보도된다. 뉴스 캐스터와 아나운서 몇 명이 더는 나오지 않았다. 이미 많은 사람이 루프를 깨닫기 시작한 듯해서 놈이 루프를 인식하는 것 또한 시간문제라고 생각했다.

걸음을 멈추고 양손을 뻗으며 아우성치는 남자를 내려다본다. 바로 끝내긴 아깝네. 일단은 *꿈에서 자신을 죽인 여자가 현실에 나타났다*는 공포를 충분히 맛보게 하자. '2주기'라면 대체로 그렇게 생각할 것이다.

"멈춰! 이런 짓을 하고도 무사할 거 같아? 곧 내 친구들이 올 거야!"

지금까지 내가 있는 동안 이 녀석이 말하는 친구가 병문안을 온 적은 한 번도 없었다. 이 녀석의 장기인 허세다.

필사적인 그에게 손도끼를 들이댄다. 냉정함이 조금이라도 남아 있다면 악몽에서 본 흉기와 다르다는 사실을 알아차릴 것이다. 식칼에 수없이 찔려 더는 저항할 수 없는 상태가 되면 배가 갈리고 내장이 끄집어내져 얼굴에 떡칠이 된다는 기억이 남아 있을 테니까.

겁을 집어먹은 얼굴을 외면하지 않고 무기를 휘두른다. 아마도 이 남자는 꿈에도 생각하지 못했을 것이다. 자신이 죽인 소녀의 어머니가, 그저 무기력한 중년 여성이 언젠가 직접 자신을 죽이러 올 줄은.

내려친 손도끼는 머리를 감싼 손바닥을 새끼손가락부터 잘라 내며 거의 한가운데까지 파고들었다. 귀를 뚫고 들려오는 비명을 무시하고 가차 없이 그 손을 잡아당긴다.

놈이 일어날 시간을 파악하려고 매일 이곳에 오는 시간을 15분씩 바꿨다. 그 결과 놈은 오전 10시가 넘어야 일어난다는 사실을 파악했다. 병문안 온 사람으로 가장해 간호사에게 물어 알아낸 바로 그놈은 입원 환자에게 정해진 기상 시간에 맞춰 일어나지 않는다고 한다.

앞으로 매일 일어날 때마다 자신을 죽이러 오는 나와 대면하게 될 것이다. 졸음기가 단숨에 날아가겠지.

하지만 만에 하나 루프의 '시작점' 시각, 즉 내가 잠든 심야 시간에 이 남자가 깨어 있을 가능성도 있다. 그렇다면 내가 오기 전에 여기서 도망가려고 발버둥 칠 것이다. 한쪽 다리가 부러진 상태라도 몇 시간 정도의 여유가 있다면 병원을 빠져나가 멀리 도망갈 수 있으리라. 어쩌면 한 다리로 반격할 방법을 연구할지도 모른다.

술래잡기를 할까, 아니면 기다렸다가 필사의 저항을 시도할까. 어느 쪽이든 죽이기 상당히 어려울 것이다. 그래도 괜찮다. 이는 내 자신에게 주어지는 시련이자 벌이니까.

나는 그 애에게 용서 받지 못할 죄를 저질렀다.

재판 도중 혐의를 가볍게 하려고 철회한 범인의 진술, 피해자와의 성행위가 동의하에 이루어졌고 약물 사용도 피해자의 의사에 따른 것이라는 말.

그때 아주 잠깐, 정말 순간적으로 생각하고 말았다.

백만분의 1일지언정 저 말이 진실일 가능성은 정말 없나?

너무나 말도 안 되는 의심이었다. 쓰레기 같은 놈에게 몸을 맡기거나 마약에 손을 대는 일 따위 그 애에게 있을 수 없는 일임을 잘 알면서.

그 애가 엄마를 배신할 애가 아님을 알면서.

몇 초 안 되는 시간이라 해도 그 애의 순수함, 선량함, 귀중한 인격을 의심하고 말았다. 그 애의 존엄을 더럽히는 거짓 진술에 현혹되고 말았다.

그렇게 착한 애를 단 1초라도 믿지 못한 건 부모로서 수치스러운 죄다.

하지만 대가를 치를 시간은 충분하다.

"죄송합니다! 용서해 주세요! 죄송해요!"

"그 애도 그만하라고 하지 않았어?"

반쯤 절단된 손바닥을 잡아당겨 어깨를 잘라 낸다. 절규와 함께 뼈를 파고든 칼날을 재빠르게 뺀다.

내일이 오지 않는 세계는 지옥 그 자체이리라. 하지만 내게 세계는 이미 지옥이었다. 영원히 고통에 몸부림치는 지옥의 주민. 그곳에 딸의 원수가 떨어졌다. 앞으로 나는 지옥의 죄인인 동시에 간수다.

무간지옥에서 늘 해야 할 일이 있는 나는 이 신세계에서 행복한 사람일지 모른다.

"각오해. 이 죗값에서 도망칠 수 없으니까."

그 애의 직접적 사인은 익사였다. 강에 버려졌을 때 아직 숨이 붙어 있던 딸의 고통을 언젠가 이놈에게 맛보여 주고 싶다. 마침 최근 미국 정부가 테러리스트에게 이용했다는 물고문 방법을 알아낸 터라 한번 시험해 볼 생각이다.

얼마 있으면 이 병원에 근무하는 사람도 대부분 루프를

할 것이다. 그러면 내가 이 남자를 천천히 고문해도 아무도 말리지 않을 것이다. 세상이 혼란에 빠진 상황에서 이런 쓰레기를 돕겠다고 나서는 사람은 없을 테니까.

지금 돌이켜 보니 확실히 죽이기로 마음먹었더라도 칼을 사용한 살인은 선택하지 말아야 했다. 그 정도 고통은 내가 그 애를 낳던 출산의 고통에도 미치지 못한다. 그 애의 원한을 풀려면 그런 편안한 죽음으로는 안 되었다. 놈의 죄에 어울리는 죽음은 어떤 것일까. 앞으로 마음껏 시도해 보자.

죗값을 치르는 일도, 벌을 주는 일도 성에 찰 때까지…….그게 바로 내가 바라는 지옥이다.

그런 생각을 하며 손도끼로 적당히 토막을 내자 놈은 실낱같은 숨만 몰아쉬고 있다. 앞으로 얼마나 길어질지 모르겠으나 오늘은 일단 여기서 끝내자.

2

NIGHT WATCH
나이트 워치

그 당시에는 미래를 고민하는 게
너무나 우울한 일이었다.
지금은 아무리 기다려도
내일이 오지 않는다.

평소와 마찬가지로 새벽이 되기 전에 눈을 뜬다. 나른한 몸과 아직 현실감을 찾지 못한 의식에 이끌려 다시 눈을 감고 편안한 잠에 빠져……, 아니! 그러면 안 돼! 일어나! 수마(睡魔)를 날려 버릴 괴성을 지르면서! 몸을 억지로라도 일으켜! 야아아아앗! 오늘은 검도 시합에서 지를 법한 기합 소리로 나 자신을 격려했다. 검도 같은 건 해 본 적 없고 시합도 제대로 본 적 없는 주제에.

아침부터 기행을 벌이고 싶지는 않으나 이렇게 큰 소리를 내지 않으면 졸음을 이기고 침대에서 벗어나지 못할 듯하다. 막 일어난 참이라 생각만큼 큰 소리를 내지 못했는데 건넌방의 부모님이 놀라 달려올 정도의 음량은 되었으리라. 하지만 세상이 이 모양 이 꼴이니 부모님도 일찍 일어날 마음은 없을 것이다. 잠들어 있으면 스스로를 지킬 수 없다는 강박 관념이 있는 나와 달리.

처음에는 아침 일찍 일어나 하루를 오래 쓰는 게 이득이라고 생각했다. 하지만 일출까지의 시간은 곧 지루함과 졸음기와의 전쟁 그 이상도 이하도 아니었다. 이 둘을 날려 버리려면 무장하고 폭도를 경계하며 바깥에서 걷는 게 효과적이겠으나 위험에 노출될 바에야 차라리 집에서 자는 편이 훨씬 안전하다.

트레이닝 바지에서 짧은 반바지로 갈아입고 1층 부엌으로 내려가 패티 나이프(135~150밀리미터 정도의 작은 칼)를 주머니에 넣는다. 현관 옆 선반에서 공구함을 꺼내 원래 용도로는 한 번도 들어 보지 않은 쇠망치와 렌치를 꺼낸다. 애초에 호신용 방범 스프레이를 준비하지 않은 걸 후회한다.

"너 같은 귀여운 여고생은 평소에 가지고 다녔어야지."

하늘이 밝아지기 전에 일어나 홀로 시간을 보내게 된 뒤로 혼잣말이 많아진 듯하다. 방으로 돌아가다가 계단에서 엄마를 마주쳤다. 졸린 표정의 엄마는 내 주머니에서 튀어나와 있는 식칼 자루와 양손의 공구를 보고 미간을 찌푸렸으나 다른 말 없이 그저 아침 인사만 건넸다. 엄마는 내가 매일 아침 호신용 무기를 준비하는 걸 달가워하지 않는다. 아빠도 무기를 든 인간은 유언비어에 휘둘려 불안을 선동할 뿐이라고 말했다. 안일한 사람들이다. 적어도 나처럼 꽃 같은 여고생 대다수는 무장하는 게 당연한 일이 되었는데.

방에 놓아둔 책가방 안주머니에 공구를 넣고 스웨트 셔츠를 벗고 교복으로 갈아입는다. 짧은 반바지를 제외하면 평범한 통학 복장이다. 세상이 변했는데도 우리는 똑같은 교복을 입는다. 이 또한 일종의 무장이라고 생각한다. 우리는 단결해 적과 싸우겠다는 결의를 주위에 보여 주려고 일부러 교복을 입는다. 그것이 변태의 표적이 되는 이유가 될지언정.

졸음을 쫓기 위해 차가운 물로 세수를 한다. 꼼꼼한 화장도 필수였지만 점점 무의미하다는 생각이 커져 오늘부터는 무장 해제된 얼굴로 싸우기로 결심했다. 노 메이크업 등교는 오랜만이라 살짝 불안해서 거울을 봤다. 음, 맨얼굴의 지카, 너무 귀엽잖아! 이러면 무법 지대가 되어 버린 바깥세상을 안전하게 돌아다닐 수 없지, 나 참.

준비를 마쳤으니 데리러 올 때까지 혼자 시간을 보내야 한다. 지루함을 달래려고 초등학교 졸업 앨범을 꺼냈다. 장래 희망이 무엇이냐는 질문에 저마다 세 가지씩 쓰는 코너가 있었다. 나는 아내, 유명인, 총리라고 썼다.

"와, 한심하다! 아무리 초등학생이라고 해도 너무 썰렁하잖아."

중학교 진로 희망 조사에는 분명 전업주부와 공무원이라고 적었다. 장래 희망을 진지하게 생각하지 않는다는 점에서는 초등학교 때와 달라진 게 없다. 빈칸으로 제출하면 다시 돌아왔기에 뭐라도 적어야 했지만 하고 싶은 일도, 되고 싶은 것도 없었던 나로서는 딱히 적을 게 없었다.

진로 조사에 뭐라고 쓰든 모두가 고등학교에 진학하는 사실만은 변하지 않았다. 하지만 고등학생이 되자 진로에 대해 좀 더 고민을 해야 했다. 주위 친구들 대부분이 대학에 가겠다고 하고 나도 성적으로는 나름대로 선택지가 있는 편이라 대학에 가려면 앞으로의 일을 조금이나마 생각하고 정해야 했으나 내게는 그 앞이라는 게 도무지 떠오르지 않았다.

그 무렵 미래를 생각하는 게 너무나 우울했다. 이대로 고등학교 생활이 계속되면 좋을 텐데, 라는 바보 같은 생각도 했다.

지금은 아무리 기다려도 내일이 오지 않는다.

평소대로 전화가 울리고 바로 끊겼다. 창 너머로 마이센이 자전거에 걸터앉아 있는 모습을 보고 가방을 들고 밖으로 나갔다.

"안녕. 연락해 줘서 고마워."

마이센이 모두에게 모닝콜을 해 깨운다는 사실은 일부 SNS를 통해 확인했다.

"괜찮아. 그것도 '나이트 워치'의 임무니까."

마이센은 살짝 공상가 기질이 있다고 해야 하나, 아무튼 덕후 성향이 강하다. 게다가 말라 홀쭉한 체격은 조금, 아니 전혀 의지할 마음이 생기지 않는다. 그럼에도 마이센이 말하듯 밤을 감시하는 자(나이트 워치)를 아군으로 두어 입는 은혜는 헤아릴 길이 없다. 너무 요란한 명칭이다. 어쩌다 그날 밤을 새운 사람들을 부르는 말이라 부끄럽기도 하다. '철야팀'이라고 부르면 딱 좋을 텐데 굳이 나이트 워치라니…… 이 남자는 독일제 필기도구만 쓰고, 아웃도어 취미도 없으면서 크로노그래프(시계 안에 별도로 들어 있는 계기판) 손목시계를 차고, 깨지거나 다 마셔도 하루면 원래대로 돌아온다며 늘 고급 찻잔과 홍차를 가지고 다니는 등 매사에 있는 척하는 사람이다.

하지만 분명히 나쁜 사람은 아니다. 게다가 무슨 일이 있어도 한 가지는 믿을 수 있다.

마이센은 나보다 늦게 '루퍼'가 되었다.

피해망상이라고 해도 어쩔 수 없지만 나보다 먼저 루퍼가 된 남자는 절대 믿지 않는다.

"재밌는 뉴스라도 있어?"

창고에서 자전거를 꺼내며 물었다. 마이센은 매일 아침 같은 시간에 데리러 오기 전까지 인터넷으로 전 세계 뉴스를 살펴본다.

"별로 재밌는 건 없고, 그 아이돌 폭행 미수 사건의 범인이 결국 팬들의 용서를 받았대."

"몇몇 팬들이 모여서 매일 아침 죽이러 가던 거?"

그 이야기라면 들은 적이 있다. 우리보다 훨씬 빨리 루퍼가 된 남자가 4주기에 욕망이 폭발해서 팬으로 좋아했던 아이돌을 덮치려고 그녀의 집에 쳐들어갔다. 전부터 주소를 알고 있었다는 말인가? 너무 끔찍해! 하지만 마침 아이돌도 몇 주 전에 루프를 시작했고, TV에서 보여 주는 천진

난만한 모습과 달리 똑똑한 그녀는 그런 놈들에 대한 대비를 이미 끝내 놓은 상태였다. 그녀는 안무 연습하듯 거울 앞에서 수없이 연마한 최루 스프레이 뿌리기와 블랙잭(양말에 동전을 넣어 만드는 둔기) 휘두르기로 1층 창을 깨고 침입해 2층의 방으로 숨어든 남자를 기절시켰다. 아이돌이라는 신분 탓에 꼼짝 못할 때까지 남자를 차고 짓밟는 행동까지는 못 한 듯하다. 어쨌든 그녀는 완벽한 대결로 자기 몸을 지켰고 남자의 범죄는 미수로 끝났다. 그런데 이 사건이 사람들에게 알려지자 팬들 가운데 남자가 재범을 시도하지 못하도록, 그리고 죄를 깨닫도록 하루가 시작되는 시간에 남자를 구속해야 한다고 주장하는 사람들이 나오기 시작했다. 세 명이 앞장섰는데 그중 하나가 나이트 워치였다. 이들은 다음 날 최대한 이른 시간에 남자가 사는 아파트로 들어가 그를 두들겨 팼다.

세 사람이 인터넷에서 밝힌 증언은 다음과 같았다. 자다가 습격을 당한 남자는 공황에 빠진 상태에서도 난동을 부리며 예상보다 격렬하게 저항했다. 생명의 위협을 느낀 세 사람은 과도한 공격을 퍼부어 종국에는 남자의 생명을 빼앗고 말았다. 그러나 다음 날도, 그다음 날도 아이돌에게 이 남자는 잠재적인 위험 인물이므로 다음 날도, 그다음 날도 이 남자를 무력화시키기 위해 행동할 것이라고 밝히고 계속 실행에 옮겼다.

"아니, 죽인 건 첫날뿐이었어. 다음 날부터는 꽁꽁 묶은 다음 내버려뒀지. 하긴 묶인 채 아무것도 못 하고 하루를 끝내나, 살해당해 하루를 끝내나 지금 세상에서는 별반 다를 바 없지만."

"그야 살해 방법에 따라 다르겠지."

목소리를 높였다. 이른 아침 주택가에서는 실례될 행동일 수 있으나 둘 다 꽤 빠르게 달리고 있어서 목소리를 어느 정도 높이지 않으면 서로의 목소리가 들리지 않는다.

"그렇지. 어쨌든 100일 가까이 구속됐던 폭행 미수범이 울며 용서를 구해서 풀어 줬대. 팬들은 만약 그 애에게 또 손을 대면 매일 철저하게 고통을 준 다음 죽여 버리겠다고 못 박았다더군."

세 명의 팬 가운데 나이트 워치가 있는 이상 폭행 미수범이 이를 막을 방법은 없다. 녀석이 복수를 꾀하고자 하더라도 이튿날 아침 눈을 떴을 땐 이미 고문자의 수중에 떨어지고 난 다음일 테니까.

"앗, 강간 살해는 참아 줘. 남자란 것들은 그래야 직성이 풀리지만. 짐승 같은 것들."

"남자를 일반화시키지 말아 줘. 적어도 난 그런 짓 안 한다고."

"그런 짓을 하는 마이센은 영 상상이 안 되기는 하네."

"무슨 뜻이야?"

"말 그대로야. 그래서 같이 등교할 수 있잖아."

마이센은 입을 다물어 버렸다. 굳이 말하자면 칭찬한 건데 마이센은 아직 동정이다, 라는 의미로 곡해했을지 모른다.

식료품을 조달하러 무인 편의점에 들른다. 걱정이 많은 마이센이 먼저 들어가 폭력배가 없는지 확인한다. 가게 안을 쭉 둘러본 마이센이 머리 위로 팔을 올려 커다란 동그라미를 그리는 걸 보고 나도 가게에 들어간다. 이 가게도 쓸 만한 상품은 거의 남아 있지 않았다. 아침, 점심, 저녁에 야식까지 챙겨야 하는데 편의점 식단에 질릴 대로 질린 상태라 앞으로 어떻게 해야 할지 고민되었다. 치울 필요가 없으니 조리 실습실에서 해 먹을까.

마음대로 계산대 안에 들어가 상품을 봉지에 담았다. 의미도 없는 돈을 낼 필요는 없다. 첫날에는 당황한 마이센도 지금은 태연히 비싼 디저트를 골랐다.

　교문에 도착하니 오늘도 현관 안쪽에 바리케이드가 쌓여 있는 게 보였다. 매일 아침 정말 고생이 많다. 이른 아침부터 얼마 안 되는 인원으로 학교를 지켜 주는 일부 남학생과 그 밖의 사람들에게는 감사의 인사를 올릴 뿐이다. 동시에 그렇게 충실한 기사들을 남자 친구로 둔 여자들이 솔직히 부럽다. 물론 그 말은 절대 입 밖으로 꺼내지 않지만.

　나와 마이센은 만일을 대비해 두 손을 들고 현관으로 다가간다. 개인적으로는 43주기 전부터, 친구가 아무것도 모르는 나를 억지로 끌고 온 이전까지 포함하면 대략 60주기 전부터 학교에서 농성 중이다. 그런데 최근 루퍼가 된 사람이 창가를 감시하는 날에는 머리 위로 의자나 책상이 떨어지지 않으리라는 보장이 없다. 우리의 외모가 아무리 침입자 같지 않고 무기를 소지하지 않은 게 멀리서도 훤히 보이더라도, 막 루프를 인식해 새로운 세계의 구조를 겨우 알게 된 애들은 공포와 혼란에 휩싸여 무슨 짓을 할지 모른다.

　평소대로 교실로 들어가니 학교 근처에 사는 와코와 후

미가 이미 와 있었다. 매일 아침 일찍 와서 바리케이드 대용으로 반 정도 되는 책상을 옮기는 남학생 여섯 명도 있었다. 모두 이 반 학생이다. 사실 어떤 교실에 있어도 상관없을 텐데 다들 당연하다는 듯 원래 교실에 모였다.

아침 인사를 건네고 책상을 들어낸 바닥에 앉아 있는 와코와 후미 앞에 앉았다. 교복에 먼지가 묻어도 개의치 않는다. 어차피 하루만 지나면 다 깨끗해지니까.

"지카, 기다렸어. 와코가 재밌는 얘기를 들었대."

와코는 한눈에 봐도 흥분한 상태였다. 매일 똑같은 하루가 반복되면 누구나 권태감을 느끼고 또 그 감정이 얼굴에 고스란히 드러나기 마련이다.

"맞아! 정말 굉장한 얘기야. 들으면 잠이 다 달아날걸?"

와코는 이유 없이 주위를 두리번거리더니 다시금 목소리를 낮췄다.

"마녀 소문 들은 적 없지?"

요약하면 이러하다.

평범한 세계가 끝나기 5, 6년 전 열여섯 살 소년이 한 여중생을 폭행하고 죽였다. 범인에게 극형이 내려지지 않는다는 사실에 피해자의 어머니는 직접 복수할 기회를 노렸다.

다시 세상에 나온 범인이 교통사고로 입원해서 자유롭게 몸을 움직일 수 없다는 사실을 알아낸 어머니는 마침내 복수를 결행했다. 그녀는 병실에서 증오하는 범인을 죽도록 찔러 딸의 원수를 갚았다.

그런데 체포되어 경찰서에서 하룻밤을 보낸 다음 눈을 뜨니 집의 침대였다. 그게 그녀의 첫 루프였다.

"그런 우연이 있을까?"

바로 대답하지 못하고 곰곰이 생각해 봤다. 어떤 사람이 복수를 결행한 딱 그날 세계가 루프하고 있음을 깨달았다. 그나저나 언제 일이지?

"그거 몇 주기 전 이야기야?"

"인터넷에서 찾은 기사에서는 약 200주기 전이래. 엄청 오래된 루퍼라는 소리지."

"하지만 전 세계에서 처음으로 루프를 깨달았다는 사람은 틀림없이 나보다 200주기 이상 전이었어. 그러니까 240주기쯤 전부터 루프가 일어났다고 하던데."

"그걸 다 기억하는 게 의심스러워. 만약에 말이야. 실은 그 여자가 첫 번째 루퍼였다면?"

잠시 후에 떠오른 생각은 너무나 엉뚱한 것이었다.

"설마 그 사람이 루프의 원인이라고? 그럴 리가……."

"하필 자식의 원수를 처단한 그날에 루프를 깨달았잖아. 게다가 다른 사람들에게도 점점 퍼졌고. 원수인 남자까지 루퍼가 됐다고. 즉, 한 번 죽여서는 성에 차지 않는 증오의 대상을 수없이 죽일 수 있게 된 거지."

"……그 말은?"

"맞아. 이 사람은 매일 눈을 뜨면 병원에 가서 부상으로 도망치지 못하는 남자를 온갖 방법으로 고통을 주고 죽인 대. 휘발유를 부어서 태워 죽이기도 하고, 손가락을 하나씩 자르기도 하고, 홈 센터에서 드릴을 사 와서……."

"밥 먹는데 그런 얘기 안 하면 안 돼?"

후미가 새침한 표정으로 말했다. 나도 동의했다.

"마이센한테 해. 그런 얘기 좋아하니까."

"어쩔 수 없지. 밥 먹고 나서 계속 얘기하자."

그러더니 와코는 정말 마이센에게 달려갔다. 남학생들은 책상다리를 하고 아침밥을 먹고 있었다. 운동부 스타일의 활달한 남자가 대부분인데 그런 요소를 하나도 갖추지 못한 마이센은 여전히 저 자리가 불편해 보였다. 아니다. 어차피 등은 늘 굽은 상태이고 나쁜 낯빛도 밤샘 때문일지 모른다. 그러므로 그게 마이센의 정상 컨디션일 수 있다. 기분 탓인지 저 무리 속에서 말수가 늘어난 것 같은 느낌도 들고.

"마이센, 내 얘기 좀 들어 봐."

와코가 마이센 곁에 서서 그의 어깨를 잡고 흔든다.

"왜?"

"마녀 소문 들어 봤어?"

"응, 딸의 원수를 매일 죽이러 가는 사람?"

"맞아! 넌 어떻게 생각해? 그 사람이 루프의 원인이라는 설."

"글쎄…… 아무리 그래도 온 세상이 겪는 현상이 한 사람의 원한에서 시작될 수 있을까?"

"근데 얘기 들어 보니 평범한 원한이 아니더라고. 마녀라고 불리는 이유도 이해가 돼. 살해 방법만 해도 그래. 홈 센터에서 구할 수 있는 공구는 다 시도해 봤대……."

피범벅 이야기로 넘어가려 하자 후미가 나를 보며 귀를 막으면서 보란 듯이 인상을 찌푸렸다. 와코의 목소리가 워낙 큰지라 남학생들에게 보낸 의미가 전혀 없었다.

"아, 듣고 싶지 않아. 다른 데서 먹고 오자."

날마다 바뀌는 살인 방법 이야기가 들려오는 교실에서 밥을 먹고 싶지 않은 마음은 마찬가지라 후미와 함께 얼른 다른 교실로 이동했다. 안전과 공동체 의식을 찾아 등교하는 학생과 일반 시민들이 200명을 훌쩍 넘겼을 텐데도 빈 교실은 찾으면 얼마든지 있다. 후미는 한 층 위 교실에 들어갔다.

"마이센이랑 정말 무슨 사이야?"

아직 한 입도 뜨지 않았는데 후미가 질문을 던졌다. 아무래도 이 이야기가 하고 싶어서 빈 교실로 옮긴 듯하다.

"무슨 사이라니?"

"매일 같이 등교하잖아. 그러니까 뭔가 분위기가 좋아졌다거나."

"아니, 그런 거 없어. 난 꽃미남 좋아하는 거 알잖아."

"그래? 마이센도 자세히 보면 나쁘지 않은데."

"그럼 네가 노려 보든지?"

"싫어. 그건 안 돼. 그러니까……"

입가에 심술궂은 미소를 지은 채 나를 바라보는 후미를 노려보며 재촉했다.

"뭐야?"

"마이센 말이야. 어쩌다 '어제' 밤을 새우는 바람에 나이트 워치가 됐잖아?"

"그랬다더라."

"그 말은 매일 밤샘 상태로 모두에게 연락하고 학교에 온다는 거잖아."

아마 가수면(假睡眠)도 취하지 않을 것이다. 루프의 '시작점'인 오전 3시 11분부터 잠깐 눈을 붙였다가 '연락망'을 돌리는 오전 5시 전에 일어나는 게 오히려 힘들겠지.

"엄청나게 졸릴걸? 바로 직전까지 잠시도 눈을 못 붙이고 하루를 보냈으니까."

루프의 '종점'은 오전 3시 32분이다. 수면 부족 상태에서 시작해 24시간 21분을 내내 깨어 있어야 한다.

"그런데도 매일 혼자 학교 가는 게 위험하다고 너네 집까지 데리러 가잖아? 이건 뭐, 나이트 워치가 아니라 기사지(밤(night)과 기사(knight)의 발음이 '나이트'로 같다는 언어유희로 놀리는 것)."

짓궂게 웃는 후미에게서 시선을 돌려 버린다. 늘 눈을 내리까는 얌전한 아이라고 생각했는데 언젠가부터 나를 놀리기 시작했다. 루프가 일어나지 않았다면 노는 무리가 달라서 친해질 기회도 없었을 것이다. 마이센과는 더더욱 그렇다.

"듬직하지 못한 기사지. 나도 공주과는 아니고."

애당초 남자에게 보호 받는 약한 여자 역할은 바라지도 않는다. 다만 매일 학교에 오는 내가 바리케이드를 치는 남학생들의 보호를 받고 있다는 것은 사실이다.

"이 루프가 빨리 끝나면 좋겠는데."

"그러고 보면 와코가 조금 전에 한 말……."

"응, 마녀?"

"정말 그 여자가 루프의 발생원이라면."

"설마 그건 아니겠지?"

마이센의 의견에 나도 찬성한다. 한 인간에게서 이런 큰 문제가 발생할 리 없다.

"하지만 혹시 그렇다면 루프를 끝낼 열쇠도 그 마녀가 쥐고 있을 수 있잖아."

마이센의 망상증이 전염된 거 아니냐고 놀리려다가 그만 뒀다. 그런 지푸라기 같은 희망에라도 기대고 싶은 사람은 후미만이 아니다. 제대로 된 인간이라면 누구나 이 루프를 끝내고 싶어 할 것이다.

"후미, 넌 루프가 끝나면 뭘 하고 싶어?"

"일단 졸업하고 대학에 가고 싶어."

"대학?"

의미 없이 던진 질문에 의외의 대답이 돌아왔다. 이 상황에서 벗어나자마자 제일 먼저 생각하는 게 진로라니 과연 우등생답다.

"엄마, 아빠가 엄격한 편인데 원하는 대학에 붙으면 자취해도 좋다고 해서 손꼽아 기다렸거든."

"아, 그랬구나."

"여기 오는 것도 반대해. 그래도 아침에 몰래 빠져나와."

"응, 그게 좋아. 집에 있다고 안전하다는 보장은 없으니까."

집에 처들어온 남자들에게 강간당할 뻔했다는 이야기는 바로 오늘 아침 마이센이 이야기한 아이돌에 국한되지 않는다. 폭력배를 격퇴했다는 등의 비슷한 무용담이 범죄자 정보 사이트에 매일같이 새로 올라온다. 그녀들이 당당하게 밝히는 이유는 강간이 미수에 그쳤기 때문이다. 미수에 그치지 않은 사람, 즉 당당하게 얘기하지 못하는 사람이 아마 수십 배는 더 될 것이다.

"등교하다가 위험한 놈들의 습격을 받을 가능성도 있지만 그런 놈들은 무슨 짓을 해도 기억이 사라지는 스테이어를 표적으로 삼을 테고."

그러고 보니 오늘도 에리코의 연락은 없다. 그 말은 곧……

"그런데 나 말이야. 재수 없는 소리일지 모르지만 이 상황이 조금 즐겁기도 해."

후미가 쑥스러워하며 말했다.

"이런 일이 없었다면 다들 학교에서 밤늦게까지 같이 있는 일은 불가능하잖아?"

"그렇지. 축제 준비할 때도 밤샘 작업은 금지니까. 하지만 매일 밤 3시 반까지잖아. 난 이제 좀 지긋지긋해."

"내일이 오면 지카는 뭐 할 거야?"

"평범하게 지내겠지. 학교에 다니다가 졸업하고. 그다음은 생각 안 해 봤어."

지금 생각해 봤자 소용없는 문제 같기도 하고, 반대로 지금 생각해 놔야 하는 문제 같기도 하다.

"졸업? 다음은 마이센과……."

"아이고, 네네, 그 나쁘지 않은 얼굴의 마이센 말이지? 자, 이제 끔찍한 얘기도 끝났을 테니까 슬슬 돌아갈까?"

일어나 후미를 재촉한다. 어쩐지 대놓고 이야기를 얼버무린 느낌인데 교실에 혼자 남겨진 와코가 걱정되기 시작했다. '자경단' 남학생들을 믿고는 있으나 남자만 있는 공간에 여학생을 혼자 오래 두면 무슨 일이 일어나도 이상할 게 없다. 마이센이 잠깐 눈을 붙이려고 교실을 떠난다고 했으므로 더더욱 위험했다.

여학생 둘이 새로 와서 와코와 이야기를 나누고 있고, 남학생들은 반 정도만 교실에 남아 있었다.

"사람이 많이 줄었네."

"오늘 호신술 훈련하는 날이래."

두 여학생의 남자 친구는 '자경단' 일원이다. 그들은 교대로 순찰을 돌거나 희망자를 집까지 데려다주고 데려온다. 체육관에서의 훈련이 얼마나 진지하게 이루어지고 있는지는 의심스럽다. 그래도 그들의 노력을 물거품이 되게 하지 않으려면 그녀들이 좀 더 일찍 등교해야 하는데 요즘 들어 위기감이 확연히 줄었는지 태연히 점심때가 지나서야 오기도 한다.

사실 정말 신중히 행동하려면 모닝콜이 아니라 '나이트콜'로 오전 3시 11분부터 차례대로 깨워서 범죄자 나이트 위치가 활동을 시작하기 전에 집단으로 등교해야 한다. 그러지 않는 이유는 캄캄한 시간대에 이동하는 게 위험하고, 무엇보다 그런 시간대야말로 오히려 범죄자가 바깥을 어슬렁댈 가능성이 있기 때문이다. 하지만 가장 큰 이유는 단순히 그런 시간에 일어나고 싶지 않기 때문이다. 결국 해가 뜨기 전에 나쁜 나이트 위치가 집에 침입해 강간당하는 일을 진심으로 불안해하는 학생은 거의 없다는 소리다.

이른 아침 모닝콜에 일어나야 하는 건 괴로운 일이나 다들 집에서 지내기는 불안하고 지루하다. 학교에서 농성하는 시간만큼은 친구들과 만날 수 있고 비일상적인 감각도 공유한다. 아침 일찍 일어나면 그만큼 하루를 길게 쓸 수 있다.

"있잖아, 오늘 내 메이크업 몇 점?"

"40점. 입술이 너무 진해. 과하게 번들거려서 무슨 내장 같아."

이 두 사람은 매일 다른 스타일의 메이크업을 하고 등교해 어떤 게 먹힐지 연구하는 데 열중하고 있다. 그중에는 대놓고 사람들을 웃기려는 건가 싶은 메이크업도 있어 우리도 거리낌 없이 쓴소리를 날린다.

"너무해! 키스하고 싶어지는 입술이라고 적혀 있어서 샀는데!"

샀다는 말은 무인 편의점이나 드러그스토어에서 마음대로 가져왔다는 소리다.

"아니, 나라면 내장에 키스하고 싶은 마음은 안 생길 것 같은데."

"진짜 너무하네. 맨얼굴인 애한테 놀림이나 당하다니."

"난 맨얼굴로도 먹히니까!"

"아까 마이센도 '피를 빤 직후의 흡혈귀 같아.'라고 하더라. 아무래도 이 메이크업은 안 되겠다."

"아아, 여자를 잘 모르는 남자들은 원래 진한 화장을 싫어해. 지금 낮잠 중?"

"응, 4시에 돌아온대."

마이센은 초기에는 3시 32분까지 한숨도 자지 않고 일어나 있었는데, 기억력과 판단력이 점점 떨어지는 듯하다며 요즘에는 점심을 먹고 잠깐씩 눈을 붙였다. 처음에는 30분

정도 짧게 자다가 지금은 학교 사람들을 완전히 믿게 되었는지 3, 4시간 정도 충분히 자고 온다.

"시간 돼도 안 일어나면 지카가 가서 키스로 깨운다고 했어."

"바보야, 내가 왕자냐?"

"하지만 남자를 싫어하는 지카가 같이 등교하잖아. 마이센은 싫어하는 게 아니라는 소리 아냐?"

"저렇게 약해 빠진 남자라도 혼자보다는 나아서일 뿐이야. 그리고 나 남자 별로 안 싫어해. 우리를 학교에 처박혀 있게 하는 원흉인 쓰레기 같은 놈들을 용서할 수 없을 뿐이지."

"최근에는 루퍼 레이버라고 부른대."

남아 있던 남학생 하나가 이야기에 끼어들었다. 저 자식이? 불쾌한 말은 꺼내지 말라고!

루퍼 범죄자 가운데 연쇄 강간범을 그렇게 부르는 놈들이 늘고 있다. 나는 그 명칭이 싫다. 비열하고 무자비한 행위와 산뜻한 어감이 전혀 어울리지 않는다.

"도대체 어딜 봐서 루퍼 레이버야? 핑크 양서류처럼 안 어울리는 수식어를 붙여 준 거잖아. 쓰레기 같은 놈들은 쓰레기답게 그냥 비겁한 새끼라고 부르면 되지."

남학생들이 놀란 표정으로 이쪽을 봤다. 왜, 여학생은 험한 말 하면 안 되냐?!

"아하하…… 지카, 무섭네!"

한 남학생이 어색하게 마른 웃음소리를 냈다.

"자, 우리도 잠시 훈련하러 갔다 올까? 비겁한 새끼랑 싸우려면."

내심 멋진 마음가짐이라고 생각했는데 속속 일어나 헐레벌떡 교실을 떠나는 남학생들을 보니 생각보다 더 험악한 표정으로 분노를 발산한 모양이다.

"우리도 잠깐 체육관에 가서 연습하는 것 좀 보고 올게."

두 여학생도 교실을 나가 버렸다. 와코가 쓴웃음을 지으며 나를 달랬다.

"나쁜 놈도 있지만 좋은 사람도 있잖아……. 지카도 마이센이 좋은 사람이란 건 인정하지?"

"그야 그렇지……. 하지만 내가 마이센과 등교하는 건 딱히 믿어서가 아니라 나도 루퍼니까 처지상 손대지 않으리라고 생각했기 때문이야. 게다가 그 사람이 루퍼가 된 건 나보다 뒤니까 안심이지. 적어도…… 내가 스테이어였을 때

나한테 무슨 짓을 했을 리는 없으니까."

어색하게 중얼거리고 있자니 와코와 후미도 고개를 숙여 버렸다. 그녀들도 나와 똑같은 생각을 하고 있을 것이다.

"그러고 보니 에리코는 아직도 루프를 안 시작했나?"

"응, 만약 시작하면 연락해 달라고 부모님에게 말씀드렸어. 근데 오늘도 연락이 없었어."

루프를 인식하지 못하는 에리코에게 지금의 세계를 믿게 하는 건 10주기 전에 포기했다. 내 입으로 설명해도 마이센이 설명해도 이미 루퍼가 된 그녀의 부모님이 설득해도 TV에서 반복해 흐르는 뉴스를 보여 줘도 소용없었으니까. 이야기를 들은 그녀는 악질적인 농담하지 말라며 화를 냈다. 사람들이 제작해서 인터넷에서 서비스하는 스테이어용 루프 해설 동영상을 보여 주면 지독한 악몽을 꾸는 거라 착각하고 침대로 숨었다. 너무나 분명한 현실이라고 아무리 설명해도 들으려고 하지 않았다.

하지만 방에 틀어박혀 있는 게 밖을 돌아다니는 것보다 훨씬 안전했다. 20주기 전에 일어난 사건에 휘말릴 확률이 훨씬 낮았을 테니까.

"우리 반에서 마지막이지? 하지만 나도 루퍼가 되기 전까

지는 온 세상에서 오늘이 매일 반복되고 있다고 해도 믿을
수 없었어."

에리코의 사정을 모르는 후미가 태평하게 말했다. 그 말
에 초조함을 느껴서는 안 된다. 비밀로 하자고 한 사람은 나
와 와코니까. 그러나 일의 심각성을 생각하면 태평한 후미
의 이야기를 듣는 것만으로 신경이 곤두섰다.

그날 에리코가 통화 상대로 나를 선택한 이유는 제일 친
한 친구가 나였기 때문이 아니다. 어쩌다 그날 내가 에리코
에게 루프를 설명했기 때문이 아닐까.

에리코는 설득하려는 나와 와코를 뿌리치고 집을 뛰쳐나
갔다. 그 애가 그런 일을 당한 원인은 나에게 있지 않을까.
그때 그 애를 말렸다면.

전화는 밤이 되어서 왔다.

— 갈아입을 옷 좀 가지고 와 줘.

— 차로 납치당했어. 걸어서 돌아왔는데 옷이 엉망이야.

— 부모님한테 말하지 말고 와. 알리고 싶지 않으니까.

그녀는 모르는 남자들이 덮쳤다고 말했다. 내가 같은 일
을 당했다면 뭐라고 표현했을까. 뉴스가 아니니 '폭행'당했
다는 단어는 선택하지 않을 것이다. 강간당했다, 더럽혀졌

다 같은 말들은 너무 사실적이라 입 밖으로 내뱉지 못할 것이다. 나를 덮쳤다. 틀림없이 그렇게 얘기할 수밖에 없을 것이다.

"지카가 한 말이 전부 사실이었어. 믿었으면, 집에서 나오지 않았으면……. 오늘이 내 루프 첫날이면 어쩌지? 내일도……."

"괜찮아. 하필 이런 날 루프가 시작되진 않을 거야. 내일이면 전부 잊을 수 있어. 기억도 몸도 원래대로 돌아가면……."

우리의 바람대로 에리코의 루프는 시작되지 않았다. 그리고 지금도 시작되지 않은 상태다.

위로가 아니라 진심으로 말했다. 분명 에리코의 몸은 더럽혀지기 이전으로 돌아갔고 피해자의 기억도 잊었다. 하지만 그녀를 윤간한 남자들은 어떤가? 지나가는 여자들을 차로 끌고 가 용건을 마치면 아무 데나 내다 버리는 무리, 전원이 루퍼인 그 무리는 자유롭게 돌아다니고 있다. 얼굴도 가리지 않는다는 그 녀석들은 아마도 스테이어를 골라 표적으로 삼고 있을 것이다. 얼굴을 보여 주거나 흔적을 남겨도 밤 3시 반만 지나면 피해자의 기억과 물적 증거가 사라진다. 굶주린 늑대들에게 이보다 적당한 사냥감이 어디 있겠는가.

루프가 끝나고 일상을 회복했을 때 길거리에서 우연히 자기를 강간한 범인이 스쳐 지나가도 에리코는 알아차리지 못할 것이다. 하지만 범인 쪽은 알아보고 자기들의 범행을 떠올리며 낄낄댈지 모른다. 그런 광경이 떠오를 때면 녀석들을 벼랑 끝에 한 줄로 세워 놓고 한 놈씩 발로 차 버리고 싶다.

하지만 이런 놈들보다 더 악질에 저질인 놈은 상대가 잊는다는 사실을 구실로 평소 알고 지낸 스테이어를 강간하려는 놈이다.

어떻게 그런 짓을 할 수 있는지 이해하기 힘들지만 이런 수법은 분명히 존재하는 듯하다. 최근에는 스테이어의 숫자 자체가 줄어들어 그 수법이 급격히 줄었지만, 내가 루프하기 전에는 비슷한 수법의 이야기가 SNS에 정기적으로 올라왔다.

그런 이야기를 보고 또 에리코 사건을 겪으며 깨달았다.

내가 스테이어였을 때 일찌감치 루퍼가 된 사람이라면 이미 100주기 이상 자유로웠던 시기가 있었고 나는 너무나 무방비했다. 아무것도 모른 채 무법 지대에 내버려진 거나 마찬가지인 상태였다.

내가 에리코와 같은 일을 당하지 않았다고 어떻게 장담할까?

약 60주기 전, 친구가 안전한 학교로 데려다주기 전 나는 무슨 일을 당했을까? 루프에 관한 설명을 듣고 나 역시 에리코 정도는 아니지만 혼란에 빠져 바로 믿지 못했다. 루프 2주기에 첫날의 행동을 돌이켜 보니 그 이전의 행동도 같았으리라 짐작했다. 혼란스러워하는 나를 지켜봤다면 곧장 스테이어인 줄 알아차렸을 것이다. 그 상태에서 위험한 바깥으로 나오면 사냥감을 찾아 어슬렁거리는 놈들, 생각하고 싶지 않으나 어쩌면 나를 잘 아는 누군가의 먹잇감이 되지 않았다고 어떻게 보장하겠는가.

"질서가 무너지고 이성의 끈을 놓아 버리면 인간은 때로 무시무시한 존재가 돼. 예전에 유고슬라비아 내전 때 한마을에 살던 서로 다른 민족이 갑자기 적이 돼서 친하게 지내던 이웃을 죽였대. 이웃에 사는 일가의 아버지와 아들을 죽이고 어머니와 딸을 폭행했대. 개발 도상국에서는 엄청 옛날이야기도 아니야. 서유럽보다 상대적으로 가난한 동유럽에서 1990년대에 벌어진 일이래."

마이센이 해 준 이야기다. 어차피 남자들의 이성은 하반신으로 연명하는 신세라 법으로 구속하지 않으면 너무나 허무하게 날아가 버린다.

"그러고 보니 이거 뭐야?"

진심으로 기분이 나빠질 듯해 화제를 바꾸기로 했다. 조금 전까지 없었던 칠판의 커다란 검은 글자를 가리켰다.

'귀자모신(鬼子母神)'이라고 적혀 있었다.

"아, 이거 내가 마이센한테 써 달라고 했어. 어디서 들었거든."

"그거 옛날 초등학교 도서관에 있었던 데즈카 오사무의 『블랙잭』에 나왔던 것 같은데……. 자기 자식을 키우려고 인간의 아이를 먹는다는 얘기 아니었나……? 신화 같은 이야기였나?"

후미가 말했다. 나도 초등학교 때 데즈카 오사무의 만화를 본 적이 있는데『블랙잭』은 아직 안 봤다.

"만화로 본 게 아니라 누가 한 말을 들어서 귀자모신의 한자가 떠오르지 않은 거 아냐?"

명탐정 지카의 추리다. 인터넷 기사 같은 걸로 봤다면 어떻게 읽는지 모를 수 있어도 한자를 모를 수는 없다. 칠판에 저렇게 커다랗게 쓰게 할 이유도 없다. 하지만 와코가 라디오로 정보를 수집한다는 이야기는 들은 바 없다.

"역시 지카는 날카롭다니까! 그게 말이야. 오늘 아침에 여기 오다가 이상한 사람을 발견했어."

"이상한 사람?"

"엄청나게 큰 소리로 '마녀를 죽이자. 그 여자는 귀자모신이다. 자식의 복수에 온 세상을 휘말리게 한 대역죄인이다. 귀자모신을 죽이고 세계를 루프에서 해방시키자!'라고 소리치면서 걸어가는 대머리가 있더라."

"아……. 그렇게 이른 아침에? 혹시 스님인가?"

"글쎄, 일단 가까이 가지 않았는데 내내 같은 소리를 외치고 돌아다니는 걸 보니 동조자를 모으려는 건가 싶었어."

"사람들을 모아서 마녀를 퇴치하겠다고? 말도 안 돼!"

"하지만 마이센은 있을 법한 일이라고 했어. 다들 정신이 이상해지고 있어서 누구 하나라도 선동하면 마녀사냥에 나설지도 모른다고."

잠시 한눈을 판 사이에 마이센과 꽤 친해져 있네? 아니, 나는 딱히 곤란할 건 없지만.

"마침 아까 우리 둘이서 그런 얘기를 했어. 마녀가 루프를 멈출 열쇠가 아닌지."

후미가 말했다. 아마 비슷한 생각을 하는 사람이 많을 것이다.

"마녀를 죽인다고 실제로 루프가 끝날지는 모르는 일이지만 시도하는 사람은 나올지도 몰라."

아니, 어쩌면 이미…….

"마녀가 루퍼가 된 게 200주기 이상이라며? 비슷한 주기로 루프한 사람이 꽤 있다면 적어도 한 사람 정도는 마녀사냥을 실행에 옮겼다고 해도 이상할 게 없지. 어쩌면 마녀는 이미 살해당했을지도 몰라. 그런데도 루프가 안 끝나고 있는 건지도…….'

와코가 나를 뚫어지게 봤다.

"왜?"

"아니, 아까 마이센이 똑같은 얘기를 했거든."

"뭐?"

"드디어 사귀나~?"

"그만 좀 해. 그보다 매일 사람을 고문하고 죽이는 무서운 사람 이야기를 우리는 왜 여태 몰랐을까?"

"그러고 보니 그러네."

"……경찰이 SNS 범죄자 신상 정보에 제일 먼저 올려놨을 텐데."

후미가 중얼거렸다.

"마녀는 자식의 원수에게 말고는 딱히 해되는 게 없어서 일반 시민에게 경계를 호소할 필요가 없다고 판단했을지 모르지."

"그럴 수도 있겠다!"

마녀 외에도 악인은 차고 넘친다. 매일 새로운 정보가 밀려들고, 경찰은 매일 시간을 할애해 범죄자 신상 정보를 업데이트해야 한다. 특히 나이트 워치 범죄자와 무차별 성범죄자에 대해서는 반드시 주의를 주어야 하므로 쓰레기 하나만 노리는 마녀 이야기나 적고 있을 때가 아닐지 모른다.

"얘들아, 시간 괜찮아?"

옆 반 남학생이 교실 문 앞에 서서 교실 안을 둘러보고 있었다. 아는 애이나 얼굴이 그리 낯익진 않았다.

"마이센 지금 어디 있어?"

"보건실에서 자고 있어. 3시에 돌아온다고 했어."

"그래? 아직 안 일어났나? 마이센 일로 할 말이 있는데."

"오! 오늘은 마이센의 날인가?"

와코가 신이 나서 말했다.

"응?"

"아니, 아무것도 아냐. 마이센이 왜?"

"마이센이 지금 몇 주기라고 했어?"

갑자기 왜 이런 질문을 하는지 궁금했다. 숨길 이유도 없을 듯해서 알려 줬다.

"30주기라고 했어."

"본인한테 직접 들은 거야?"

"응."

"나 말이야. 학교에 오기 시작한 건 최근인데 루프는 이미 40주기야. 그런데 루프하고 몇 주기 안 됐을 때 이른 아침이라고 해야 하나, 한밤중이라고 해야 하나 아무튼 그 시간대에 마이센이 밖에 있는 걸 봤어. 난 원래 '어제' 밤에 책을 읽다가 잠들어서 매일 아침 4시 조금 넘어 일어나. 아니, 그 얘기는 됐고. 어쨌든 방 창문을 열고 옷을 갈아입으면서 밖을 보는데 자전거를 탄 사람이 보였어. 가로등 불빛 아래로 왔을 때 얼굴을 봤는데 마이센이었어."

"오전 4시에 바깥? 40주기 날 전에?"

그 시간에 외출할 이유가 있을까. 게다가 한숨도 안 잔 사람이?

"신경이 쓰여서 다음 날에도 몰래 창문을 통해서 봤거든. 마이센이 또 그곳을 지나갔는데 시간이 조금씩 달랐어."

스테이어는 루퍼가 개입하지 않는 한 똑같은 하루를 되풀이한다는 게 지금의 정설이다. 예를 들면 매일 누군가 루퍼에게 불려 나가는데 호출되는 시간이 날짜에 따라 달라지지 않는 한 마이센은 늘 같은 시간대에 그곳을 통과해야 한다. 정말로 30주기 날 전부터 루퍼가 됐다면 말이다.

"마이센이 40주기 날 전부터 루프했으면서 거짓말을 하고 있다는 얘기야?"

왜 그런 거짓말을?

"맞아. 스테이어가 오전 4시에 밖을 돌아다니는 일은 있을 수 없어. 하지만 핵심은 그게 아니야."

이것도 상당히 중요한 문제인데 더 있다고?

"그 사람이 가지고 있던 가늘고 긴 물건이 마음에 걸려. 엽총 같았는데."

그 말이 머릿속에서 한자로 변환되기까지 잠시 시간이 걸렸다.

"뭐? 총? 무슨 소리야?"

마이센이 산에서 사슴이나 곰을 향해 총을 겨누고 있는 모습을 상상해 봤다. 영 어울리지 않는다. 애당초 자연 속에 있는 모습 자체가 어울리지 않는다. 전혀 아웃도어 스타일이 아니다.

"마침 그 얼마 전에, 그러니까 내가 아직 스테이어였을 때 총기 살인 사건이 발생했다고 했어. 최근 범죄자 신상 정보에는 자세한 내용이 조금밖에 안 실려 있지만."

이야기가 생각지 못한 방향으로 흐르고 있다. 살인 사건? 이 녀석은 지금 무슨 소릴 하고 있나.

"일가족 살인 사건인데 산탄총으로 세 명을 죽였어. 사건은 딱 그날 하루만 일어났어. 목격자 말로는 범인은 뚱뚱한 남자였는데 옷을 껴입으면 체형 정도는 속일 수 있어. 그러니까 그 남자가 마이센이 아니라는 보장이 없지."

"잠깐만! 지금 무슨 소릴 하는 거야?"

"총기 살인 사건이 벌어지고 몇 주기 뒤 마이센이 한밤중에 가늘고 긴 가방을 들고 밖을 어슬렁거렸어. 그런데 그날엔 아직 루프를 하지 않았다고 거짓말을 했어. 나도 마이센을 싫어하지 않지만 그래도 경계하는 게 좋을 거야."

창문을 통해 한밤중에 본 광경을 놓고 저렇게까지 상상하다니. 이 남학생이 망상에 사로잡혀 있는 게 아닐까? 하지만 그는 너무나 냉정해 보였다. 와코와 후미의 표정에도 점점 불안이 드러났다.

"네가 아무리 떠들어도 안 믿긴다. 그래서 우리보고 어쩌라고?"

백번 양보해 마이센이 루프 기간을 속이고 추측대로 총을 가지고 있다고 해도 그 사실을 우리에게 알려 준다고 해서 달라질 게 뭐가 있나.

"대놓고 당사자에게 물어볼 순 없잖아. '사냥이 취미야? 쉬는 날 사슴이나 곰 잡아?'라고 물어보기라도 해야 해?"

"당연히 안 되지. 우리가 뭔가 안다는 사실을 절대 들키면 안 돼."

"어! 그렇다면 방금 전 얘기도 안 들었으면 좋았잖아."

와코가 불안한 목소리를 냈다.

"진짜야. 네가 한 얘기 때문에 앞으로 마이센이랑 대화할 때 조심하게 될 것 같아."

원래 기가 세지 않은 후미도 걱정스러운 모양이었다.

"왜 우리에게 그런 말을 했어?"

"마이센이 보통 이 교실에 있을 때가 많으니까. 화가 나서 누군가를 죽이겠다고 마음먹으면 틀림없이 이 반 애일 가능성이 커."

아니, 대책 없이 아무 말이나 막 지껄이네.

"우리는 걔한테 미움 받을 짓 한 적 없는데?"

"하지만 너희들은 마이센이랑 허물없이 지내고 가끔 놀리기도 하잖아. 그러다 보면 화가 날 수도 있지. 그러니까 앞으로는 매사 조심하라고."

마이센이 속으로 우리를 싫어하고 있을 가능성을 생각해 봤다. 우리 반의 다른 애들을 포함해 우리는 마이센과 나름대로 양호한 관계를 구축했다고 생각한다.

"이런 한심한 소리는 하고 싶지 않지만, 총을 가진 나이트 워치는 결단코 적으로 돌리고 싶지 않아. 하루 시작과 동시에 잠들어 있는 사람을 죽일 수 있으니까. 총으로 안 부서지는 문이나 창문으로 된 집에 사는 사람 있어? 지금의 마이센은 마음먹으면 누구든 죽일 수 있다고."

마이센이 우리의 목숨줄을 쥐고 있을지 모른다. 아니, 그럴지도 모른다는 정도가 아니다. 루프 시기나 총의 유무와 상관없이 애당초 나이트 워치는 아주 쉽게 다른 사람을 죽일 수 있는 위치에 있다.

　그래도 우리는 마이센을 믿어 오지 않았나.

　"그런 상대에게 생각 없이 떠들다가 화를 돋우는 일 없게 조심하라는 말이야. 이 말을 할지 말지 고민했어. 불확실한 의혹이 겉으로 드러나면 더 위험할지도 모르니까."

　"으악, 내가 딱 그런 스타일인데!"

　와코가 아우성쳤다.

　"그렇다면 미안한데, 어쨌든 마이센을 보고 갑자기 겁먹은 모습을 보이면 안 돼. 너무 까불어도 안 되고. 그게 신상에 좋을 거야."

　"이해할 수가 없네."

　"뭐가?"

　"마이센이 일가족 살인범이라고? 말도 안 돼."

　"그건 나도 반신반의하는 상태야. 그가 사람을 죽인 적이 있더라도 이곳에서 조용히 지낸다면 나는 괜찮아. 하지만 어느 쪽이든 경계해서 나쁠 거 없다는 말이야."

　"앞으로 마이센이 언제 돌변해 총을 들고 달려들지 모르는 채로 벌벌 떨면서 비위나 맞추며 살라고?"

　"그렇게 말한 건…… 아니다. 그런 셈이겠네."

"말도 안 돼! 그리고 왜 우리만 신경 써야 돼? 다른 사람은 어떻게 할 건데?"

"당연히 다른 애들에게도 마이센이 없는 틈을 봐서 얘기해 줘야지."

순간 그래선 안 된다고 생각했다.

이 이야기를 들으면 누구나 속으로는 의심하거나 두려워하며 마이센을 대할 것이다. 마이센이 눈치챌 수도 있다.

어쩐지 매우 나쁜 예감이 들었다.

"모두가 이 정보를 공유하는 건 중요해. 즉, 입막음으로 한두 명 죽여 봤자 소용없다고 생각하게 해야 해……."

"정보 공유에 대한 건 좀 기다려 주면 안 될까?"

불확실한 정보로 마이센을 동료에서 제외하는 일은 부당하다.

"당장 위협을 느끼는 건 아니잖아? 내가 마이센한테 자연스럽게 얘기를 끌어내 볼게."

내 입으로 말하면서도 뭔가 숨기는 상대에게 이쪽의 의심을 들키지 않고 정보를 알아낸다는 건 너무 어려운 일일 듯싶었다.

"자연스럽게 얘기를 끌어내? 너 같은 평범한 애가 할

수 있겠어? 뭔가 알고 있다는 낌새를 알아차리는 순간 끝이야."

"내가 입막음용으로 살해돼서 학교에 안 나오면 그땐 다들 마이센을 고문해. 다 같이 마이센의 집으로 쳐들어가서 총을 숨겼는지 확인하라고."

당연히 위험한 일인 줄 알고도 하겠다는 각오임을 알면 물러서겠지.

"혹시 고문당해도 내 이름 안 불 자신 있어? 한밤중에 배회하는 나를 본 사람이 누구냐, 이 얘기의 출처가 누구냐 하면서 알아내려고 할지도 몰라."

— 뭐야, 이 자식. 경계심이 지나치게 크네. 기분 나빠.

하지만 내가 다른 사람을 지적할 처지는 아니었다. 주위 사람들의 부족한 경계심을 한심하게 여기고 있고 나보다 먼저 루프한 남자는 믿지 않으니까.

"그만 좀 해. 그 사람은 그런 짓 못 해. 우리는 적어도 너보다 마이센을 잘 알아."

"나도 모두에게 얘기하는 건 좀 기다려 줬으면 좋겠어."

후미가 말했다. 후미는 아침마다 모든 사람을 깨워 주는 마이센에게 감사해한다.

"나도 찬성이야. 아니, 말도 안 되는 얘기에 순간 겁을 먹기는 했는데 잘 생각해 보니 우리 마이센이 그런 사람일 리 없어."

와코가 편을 들어 주었다.

"……알았어. 하지만 우리 반에 내가 믿는 친구 몇 명한테는 이미 말했어. 최악의 경우 내가 살해돼서 계속 연락이 안 되면 바로 마이센이 수상하다는 정보를 전교에 퍼뜨리라고 했어. 네가 학교에 오지 않아도 마찬가지니까 연락처 알려 줘."

남학생이 전화번호와 SNS 계정 정보를 요구했다. 외워 두었다가 내일 이후에 사용할 계획인 듯하다.

"설마 에둘러 내 연락처를 알아내려고 말도 안 되는 얘기를 지어낸 건 아니겠지?"

농담이기는 했으나 나처럼 귀여운 여학생이라면 그럴 가능성도 고려해야 하지 않을까? 정말 이 세상의 여자애들은 경계심이 너무 부족하다니까.

"……어휴, 아무래도 마이센에게 정보를 얻어 내겠다는 계획은 그만둬라. 그 정도 지능으로 덤벼 봤자 죽기밖에 더하겠냐?"

"지금 싸우자는 거야?"

사실 좋은 방법이 떠오르지 않았다. 하지만 이제 와 물러설 수 없었다.

앞으로 계속 마이센의 낯빛을 살피며 학교에 와야 한다니 그것만은 사양하고 싶다.

보건실은 들은 대로 잠겨 있어서 노크를 하고 기다렸다.

1분 30초쯤 지났을 때 안에서 잠금장치를 푸는 소리가 났다. 벌거벗은 몸에 와이셔츠를 걸친 민머리 남학생과 그 상대로 보이는 여학생이 상기된 얼굴로 나왔다.

최근에는 줄까지 서 가며 보건실 침대를 쓰고 싶어 하는 커플이 줄어들었다.

"마이센 깨우러 왔는데 거기 있어?"

"응, 가운데 침상에 있어. 왜 마이센이랑 하게?"

"그럴 리가 있겠냐, 바보야!"

커튼을 여니 마이센은 낮잠치고 아주 깊이 푹 잠들어 있었다. 옆에서 커튼 너머로 침대가 삐걱대는 소리와 거친 호흡 소리, 그리고 숨죽인 여학생의 신음 소리가 들려왔다.

"미안한데 일어나."

어차피 1시간 뒤에는 일어나야 하니 과감하게 그의 몸을 흔들었다. 옆 커플이 동시에 움직임을 멈췄다. 숨죽인 채 이쪽 상황에 신경을 곤두세우고 있을 것이다.

"으응…… 지카?"

학교 안에서 운명 공동체가 된 이후로 마이센은 나를 포함한 다른 여학생을 부를 때 이름만 부른다. 무엇보다 우리가 그러라고 했다. 서로 믿는 사이니까.

"잠깐 할 말이 있어. 그 마녀 일로."

결국 좋은 아이디어가 떠오르지 않은 탓에 막 일어나 머리가 제대로 돌아가지 않을 때 속내를 쉽게 털어놓으리라 기대하고 돌격하기로 했다.

"마녀사냥을 하려는 사람들이 나올지도 모른다는 얘기를 와코에게 들었는데. 정말 그렇게 해서 루프가 끝날 가능성이 있을까?"

마이센은 고작 그런 일로 나를 깨웠냐는 듯 얼굴을 찌푸렸으나 대놓고 말하지는 않았다.

"음, 그러니까 마녀가 루프를 발생시켰을 가능성 말이지? 와코한테도 말했는데 인간의 마음이나 정신력이 물리적 작용을 일으키는 게 불가능하다고 단언할 수 없어. 과학적으로 증명되지 않았다고 해서 존재하지 않으리라는 법도 없고. 무엇보다 현재 그런 현상이 일어나고 있잖아."

"하지만 아까는 한 인간의 마음에 그만한 힘은 없다며?"

"예를 들어 그렇다는 거지…… 유사 이래 인류가 축적해 온 원한과 증오, 분노와 같은 나쁜 감정, 그러니까 마이너스 에너지라고 해야 하나, 암튼 그런 게 한계치를 넘어서 시공간에 영향을 줬다고 하면 말이 안 되겠지?"

맞아. 말도 안 돼. 그보다 와코랑 참 즐겁게도 수다를 떨었구나.

"그럼 마녀가 죽는다고 해서 세상이 원래대로 돌아오는 건 아니라고 생각하는 게 자연스럽겠네?"

"마녀가 이미 살해됐다 해도 세상은 변함없이 루프한다는 이야기지? 나도 와코에게 똑같이 말했어. 틀림없이 누군가 마녀를 이미 죽였을 거라고."

"지카도 그렇게 생각해? 나도. 아마 누군가 한 번쯤은 죽였겠지."

더 이야기했다가는 마이센이 완전히 잠에서 깨겠으나 조금만 더 밀고 나가기로 했다.

"하지만 정말 마녀가 원인이라서 마녀를 죽이면 루프가

끝난다고 하면 마이센은 어떻게 할 거야? 이를테면 하루가 시작되자마자 마녀의 집에 찾아가서 아직 잠들어 있는 마녀를 공격하면?"

마이센은 잠시 생각한 다음 딱 잘라 말했다.

"나는 당장이라도 내일이 왔으면 하는 사람이거든. 그게 가능하다면 총격해야지. 살인죄로 체포될지도 모르겠지만 세상을 구할 수 있다면 그 정도는 값싼 희생이지."

거짓말 같지 않았다. 마이센은 진심으로 루프가 끝나기를 바라고 있다.

그런데 마이센은 '총격'이라고 했다. 총 이야기는 꺼내지도 않았는데 내가 공격이라고 표현하자 마이센은 총격하겠다고 했다. 그저 내 말을 따라 쓴 것일까. 아니면, 총을 소지하고 있어서 너무나 자연스럽게 그 단어가 나온 걸까.

"살해당한 자식을 위해 복수를 하는 불쌍한 여자를 죽일 수 있어?"

부자연스럽게 느껴지지 않도록 이야기를 이어 나갔다.

"복수 자체에 대해 평가할 생각은 없어. 죽는 게 나은 쓰레기는 이 세상에 얼마든지 있어."

"꽤 과격한 발언이네."

"무슨 일이 있더라도 사람을 죽여선 안 된다는 건 입바른 소리야. 이런 세상에서는 전혀 울림이 없잖아."

"그렇기는 해."

"다만 복수와 관계없는 사람들이 휘말리게 돼서는 안 되지. 설령 마녀가 원한 게 아니더라도 본인의 복수에 세상이 휩쓸려 들어갔다면 살해당해도 어쩔 수 없다고 생각해."

"그런가?"

"얘기 끝났으면 미안하지만 나 좀 더 자게 해 줘."

"응, 미안해. 갈게."

결국 분명해진 건 하나도 없었다. 하지만 빨리 알아내지 않으면 마이센이 위험인물로 찍히고 만다.

"구구구구구구구구구!"

어젯밤에 갑자기 영어로 비둘기 울음소리를 이렇게 부른다는 사실이 떠올라 다음 날 아침에 이 소리로 일어나자고 결심했다. 부모님은 애가 매일 아침 기괴한 소리를 지르며 일어나니 이상해졌다고 생각할지 모른다. 그러나 세상이 이상해진 지금 머릿속 나사가 조금 느슨해져 보인다고 해서 손해 볼 건 없다.

오늘은 일어나자마자 마이센네 집에 가기로 마음먹었다.

자전거를 바로 앞 골목 모퉁이에 숨기고 살금살금 맨션으로 다가갔다.

각오를 다지고 인터폰을 눌렀는데 아무도 나오지 않았다. 이 시간에 자고 있을 리 없다.

정말 밖에 나가 있다. 하지만 단지 그 사실 하나로 아무것도 확신할 수 없다.

일단 맨션을 나와 자연스럽게 옆을 봤다. 멀리 마이센의 모습이 보였다. 설핏 남아 있던 졸음기가 단숨에 날아갔다.

맨션 담에 반쯤 몸을 숨겼다. 다행히 나는 시력이 좋다. 아무래도 나만 알아본 듯하다.

담에서 얼굴을 살짝 내밀고 상황을 살폈다. 옆 반 남학생이 말한 대로 가늘고 긴 가방을 짊어지고 있다. 저 안에 엽총이?

냉정하게 상황을 다시 확인한다. 만약 마이센이 살인범이라면…… 그리고 내가 냄새를 맡고 돌아다닌 사실이 들통난다면 내 입을 막으려 할지 모른다. 총은 바로 꺼내지 못할지라도 다른 흉기를 가지고 있을 수 있다. 마이센은 그리 강해 보이지 않으나 진심으로 죽이겠다고 덤비면 여자인 내가 이길 가능성은 없으리라.

그리고 살해당한 다음 날…… 마이센은 하루의 '시작점'인 3시 11분부터 활동할 수 있다. 내가 깨기 전 정적에 감싸인 우리 집 창문을 깨고 침입해 마음대로 나를 죽여 입을 막는다. 그렇게 되면 학교 애들 전체에게 마이센의 정체를 알릴 수 없다. 언젠가 내가 매일 아침 살해되고 있다는 게 모두에게 알려질 수도 있겠으나 마이센을 범인이라고 특정할 수 없을 테고 무엇보다 나이트 워치인 마이센은 언제든지 멀리 도망칠 수 있다.

일단 지금은 내 존재를 들키면 안 된다.

논리적으로 생각하면 그렇다.

하지만 나는 각오를 다지고 이곳에 왔다.

마이센의 거짓말을 폭로하러 온 게 아니다.

마이센을 믿기로 마음먹고 마이센이 살인범이 아님을 증명하려고 이곳에 온 것이다.

마침내 깨달았다. 루퍼가 된 시기가 나보다 늦어서 믿은 게 아니다. 마이센이라 믿는 것이다.

담장 뒤에서 걸어 나왔다. 놀라움에 마이센의 눈이 한껏 벌어졌다.

"지카."

"안녕!"

"무슨 일이야? 이 새벽에……."

"그러는 너야말로 어디 다녀와?"

"아는 사람 집에 갔다 왔어. 가져올 게 있어서."

"그 짐은 뭐야? ……혹시 엽총이야?"

"엽총? 아니, 엽총은 아닌데……."

"안을 좀 봐도 돼?"

"안 돼. 개인적인 물건이라."

수상하다. 이렇게 가늘고 긴 가방에 넣고 다닐 사적인 물건이 도대체 뭐란 말인가.

그때 마이센이 온 방향에서 이쪽으로 다가오는 남자를 발견했다.

"저 뒤에 오는 사람 알아?"

깜짝 놀라 얼른 고개를 돌리는 모습을 보니 함께 온 사람은 아닌 듯하다.

"네리마 씨, 날 따라온 겁니까?"

"아니, 따라오다니 무슨 그런…… 그냥 구라마이 씨와 더 얘기를 나누고 싶어서."

그러고 보니 아주 오랜만에 마이센의 본명을 들은 것 같다. 요즘 학교에 오는 애들은 다 마이센이라고 부르니까.

"나도 대화하고 싶은 마음은 굴뚝같아요. 하지만 난 지금 갈 데가……."

"아, 아! 구라마이 씨 학교 친구?"

남자는 갑자기 목소리를 높이며 내게 말을 걸어왔다.

엷은 웃음을 짓고 다가온 그는 한마디로 기분 나쁜 남자였다. 머리는 기름 져 번들거리고 뚱뚱해서 살이 늘어진 데다 자세가 나빠 걷는 모습도 형편없다. 말 그대로 거동이 수상한 인물이었다.

"구라마이 씨는 좋겠네. 매일같이 이런 귀여운 애랑 지내는 거야?"

훑어보는 시선에 소름이 돋았다. 이런 놈이 마이센과 아는 사이라고?

"그런데도 난 구속돼서 온종일 꼼짝없이 방바닥을 구르고."

이야기의 내용이나 분위기에서 명백히 불온한 느낌이 전해졌다.

문득 하루 전 등교할 때 마이센이 해 준 이야기가 뇌리를 스쳤다. 아이돌 폭행 미수범이 나이트 워치에 의해 매일 감금되었다고 했다.

"네리마 씨, 나는 무고한 사람의 자유를 빼앗았다고 생각하지 않습니다. 당신과 피해자는 학교가 같았고 당신이 복수하고 싶다고 말한 인물의 특징과도 일치했습니다."

"나는 정말 아니라고. 아, 내 말을 안 믿는다는 건 알지만."

"만약 무슨 일이 생기면 당신을 또 구속해야 합니다."

"알아. 그러니까…… 어라? 자네 맨션 입구에 이상한 사람이 있어."

마이센이 고개를 돌렸고 그를 따라 나도 돌아봤으나 아무도 없었다.

"윽!"

이상한 소리가 나서 다시 고개를 돌렸다. 네리마라는 남자가 마이센을 안고 있는 듯 보여 깜짝 놀랐다.

아니, 그게 아니다. 이건…….

"그러니까 오늘 하루 정도는 실컷 즐기자고."

네리마의 손에 피가 잔뜩 묻은 칼이 들려 있었다.

마이센이 칼에 찔렸다.

내가 그 사실을 이해하기 전에 남자가 다시 허벅지를 찔렀고 절규가 울려 퍼졌다.

"으아아아악!"

"마이센!"

소리친 나를 향해 네리마가 달려들었다. 머릿속이 새하얘져 멀거니 서 있었다. 맞다. 나도 무기를 가지고 있지!

내가 패티 나이프를 꺼냈을 때 놈은 이미 팔을 휘두르고 있었다.

머리에서 불꽃이 터졌다고 느낀 다음 순간 맹렬한 통증이 찾아왔다. 정신을 차렸을 때는 무릎을 꿇고 있었다. 얼른 일어나야 해……. 그리고 다시 한 방 더. 슬쩍 본 것은 쇠망치였다.

머리가 아프다. 뜨겁다. 일어설 수 없다. 놈이 내 어깨를 붙잡고 몸에 올라탔다. 혐오감에 구역질이 나올 것 같다. 칼에 찔린 마이센은 무사할까.

"그만…… 놔……."

상체를 일으키려는데 오른쪽 눈에 뭔가 들어와 아무것도 보이지 않았다. 뜨끈한 뭔가 뺨을 타고 턱으로 흐른다. 머리에서 흐른 피였다.

한쪽 눈으로 남자가 바로 코앞에 다가온 게 또렷하게 보였다. 피가 묻지 않은, 마이센을 찌른 것과는 다른 칼.

"움직이면 찌를 거야."

칼이 내 교복 셔츠 품으로 파고든다. 따끔하고 예리한 통증에 칼날이 피부를 살짝 베었음을 알았다. 단추가 날아가 속옷이 드러났다.

으아아아아악. 그만, 그만, 그만해!

"괜찮아. 괜찮다니까. 누가 오기 전에 얼른 끝낼게. 나중에 친구도 불러야지. 하루에 몇 명이나 할 수 있을까~."

남자에게 제압되지 않은 왼 주먹을 그의 얼굴을 향해 힘껏 날렸다. 순간 가슴 아래에 얕은 자상이 생겼다. 이만한 상처에도 이렇게 아픈데 깊이 찔린 마이센은 얼마나 아플까.

남자의 주먹이 배로 날아왔다. 두 번. 세 번. 형언할 수 없을 만큼 아프다. 숨이 안 쉬어지고 구역질이 올라왔다.

우리가 마이센을 믿지 못해서 이런 일이…… 일가족 살인범은 틀림없이 이 남자다. 마이센은 이놈을 막은 것이다. 나도 이놈에게 분명 살해당할 것이다. 하지만 이놈이 원하는 대로 하게 놔둘 바에는 최선을 다해 몸부림쳐 칼에 찔려 죽는 게 낫다. 어차피 죽어 봤자 다시 살아날 테니까.

"더 벌을 줘야 하나? 얌전히 있으면 안 아플 텐데~."

"벌이 필요한 건 너야!"

내가 지금 제일 듣고 싶었던 목소리였다. 지옥에서 나를 꺼내 주는 목소리.

마이센이 엎드린 상태로 긴 총을 겨누고 있었다.

"얼른 놔. 조금이라도 움직이면 쏜다. 이 거리라면 절대 빗나가지 않을걸."

화가 잔뜩 난 표정이다. 학교에서는 한 번도 보인 적이 없는 얼굴이다.

"총알이 없을……."

"네 총에는 없지. 이건 내 거야."

어떤 상황인지 이해할 수 없었으나 고통스러워하는 마이센의 표정을 보니 제정신이 아니었다.

"거짓말! 내가 봤어! 내 총을 넣을 때 가방은 비어 있었어."

"당신 방에 들어가기 전에 가방에서 꺼냈으니까. 당신이 무슨 짓을 저지를지 몰라서 나도 당신을 시험해 본 건데…… 잘했네."

"구라마이, 나를 속였어?"

"속인 사람은 당신이지, 네리마 씨. 자, 빨리 일어나! 급소는 안 쏠 거야. 죽을 때까지 아주 오랜 시간이 걸리는 곳을 쏠게."

소름이 돋을 정도로 차가운 목소리였다. 남자는 조심조심 일어났다. 영화에서처럼 양손을 들어 올렸다.

"거기서 무릎 꿇어."

나는 서둘러 일어나 마이센 쪽으로 달려갔다.

배와 허벅지가 닿은 땅에 검붉은 피 웅덩이가 생겼다.

"지카, 괜찮아?"

머리가 너무 아팠으나 몸은 잘 움직여졌고 자상도 심하지 않았다.

"나, 난 괜찮은데 마이센……."

"구, 구라마이 씨, 우리 얘기 좀 하자고. 악의는 없었어."

남자가 바싹 얼어 말했다. 올려다보는 얼굴을 힘껏 차 주고 싶다.

"나를 죽이고 싶은 마음은 잘 알아. 하지만 이 애에게 하려던 짓은……."

"지, 진짜 여고생을 너무 오랜만에 봐서 흥분하고 말았어! 아니, 계속 감금되어 있었으니까 어쩔 수 없잖아!"

"미안하지만 내일 이후로 다시 감금해야겠어. 지카, 뒤로 돌아 모퉁이까지 달려. 무슨 일이 있더라도 돌아보지 마. 그리고 내가 됐다고 할 때까지 나오지 마."

다른 사람 같아 보이는 마이센의 모습에 기가 죽어 순순히 등을 돌렸다.

남자가 신경질적으로 아우성치기 시작했다.

"왜 그렇게 한심한 꼬마들을 돌보는 거야! 총이 있으면 건방진 여고생을 마음대로 할 수 있는데!"

큰 목소리는 아니었으나 마이센의 대답이 또렷하게 들려왔다.

"그야 나는 교사니까."

— 우리는 마이센을 동급생 친구처럼 대해 왔다.

대학을 나온 지 2년밖에 안 된 선생님이 어른처럼 느껴지지 않아 살짝 얕본 부분도 있다.

우리는 이 선생님에 대해 아무것도 몰랐다.

"그리고 난 나이트 워치니까. 지키는 게 내 일이야."

"저기 한 번만 봐줘……. 당장 사라질게."

"나도 쏘고 싶지 않아. 하지만 학생에게 손대는 놈을 그냥 둘 수 없어. 나도 오래 버틸 수 없을 것 같으니 그전에 정리하지."

"잠깐, 구라마이 씨……."

폭발음에 깜짝 놀랐다. 이른 아침의 공기를 뒤흔든 총성은 예상보다 훨씬 컸다.

바로 움직일 수 없었으나 총성의 여운이 사라지자마자 모퉁이에서 튀어나왔다.

"오지 말라고 했지!"

마이센은 몸을 돌려 똑바로 누운 채 재킷을 벗으려 애쓰고 있었다. 가슴에서 대량의 피를 흘리고 있는 남자가 더는 움직이지 않았다. 이 상황에서 재킷을 벗으려고 하는 의미……를 깨닫자 더는 참을 수 없었다. 내게 피범벅된 사체를 보여 주지 않으려고 재킷을 덮어서 감추려 한 것이다. 하지만 쓰레기 같은 놈의 시체보다 마이센의 티셔츠에 크게 번진 피 얼룩이 더 충격적이었다.

"부상이 심해……."

"……아드레날린 때문인가? 그리 아프지 않네."

오기로 버티고 있는 게 틀림없다. 엄청난 양의 비지땀으로 흠뻑 젖은 얼굴이 창백했다. 게다가 조금 전에 자기 입으로 얼마 못 버틸 거라고 하지 않았나. 그런데도 걱정을 끼치지 않으려 하고 있다.

"멋있는 척이 심하네……."

"……그래? 그야 학생 앞이니까 당연히 이 정도 멋있는 척은 좀 해야지."

호리호리하게 말랐고 여자에 익숙지 않음을 숨길 수 없으며 몽상가 기질이 있는 것치고 네이밍 센스가 미묘하다. 하지만 다정하고 아는 게 많고 학생들을 진심으로 걱정하고 진지하게 이야기를 들어주는, 이 사람을, 나는…….

이 지경이 되어서야 내 마음을 깨닫다니.

"선생님, 죽지 말아요……."

"……내일이면 다시 살아."

"하지만…… 어쩌면 루프가 오늘이 마지막일지 모르잖아."

"……그럴 확률은 낮아. 200주기 이상 이어졌는데 하필 오늘이 끝이라니……."

"그래도 죽는 건 싫어……."

더는 참을 수 없었다. 마이센의 얼굴에 눈물이 떨어졌다.

"어이! 울지 마."

"선생님이 좋아."

쑥스럽다거나 부끄럽다고 생각할 틈도 없이 자연스럽게 입에서 흘러나왔다.

마이센이 어떤 표정을 지었을까. 놀랐을까, 당황했을까, 웃었을까. 지금은 눈물 때문에 보이지 않는다.

마이센이 힘없는 손을 들어 올려 따뜻하게 내 머리를 쓰다듬었다.

"잘 들어. 저기 있는 산탄총 말이야. 절대 방아쇠에 손가락 걸지 말고 가방에 넣어."

"어? 뭐?"

"잠자코 내 말 좀 들어줘. 그걸 들고 자전거를 타. 위험한 녀석과 마주치면…… 방아쇠를 만지지 말고 조심스럽게, 아주 신중히 가방에서 꺼내. 총을 겨눠도 달려들면 방아쇠를 당기고 쏴. 손이 닿을 만큼 가까이 왔을 때 쏴야 해. 알겠니?"

마이센의 심각한 표정에 연신 고개를 끄덕였다.

"오늘은 더는 너희를 지킬 수 없어. 학교까지 스스로 지키면서 가야 해. 알겠지?"

아무 말도 할 수 없었다. 마이센이 없는 등굣길이라니 어찌해야 할지 모르겠다.

"대답 안 해?"

"······네."

자리에서 일어나 벌벌 떨며 총을 집었다. 총구 언저리가 피범벅이었으나 상관없었다. 가방에 얌전히 넣었다. 선생님이 얼른 안심할 수 있었으면 좋겠다.

"했어."

"잘했어. 내일 아침에 또 데리러 갈게."

"······꼭 와야 해."

"······근데 혹시 나 안 죽나? 오래 떠드네."

맞다. 이토록 많은 피를 흘렸으면 죽는 게 당연하다.

"그러네. 기다려 봐. 내가 사람 불러올게······. 마이센? 선생님?"

천천히 깜빡이던 마이센의 눈이 더 이상 열리지 않았다. 아무리 불러도 대답이 없었다. 견딜 수 없어 마이센의 손을 잡았다. 미동도 없는 손에서 놀랍도록 빠르게 온기가 사라지는 걸 느끼면서 한동안 그 자리를 떠나지 못했다.

비틀거리며 자전거에 올라타 교문에 도착했다. 긴장의

끈이 끊어져 한 발짝도 옮길 수 없었다. 학교에서 몇몇이 뛰어나오는 걸 보면서 정신을 잃었다.

일어나 보니 보건실이었고 부상 부위는 치료되어 있었다. 벌써 오후였다. 무엇보다 먼저 마이센의 명예를 회복하고 싶어서 오늘 아침에 벌어진 일을 설명했다.

옆 반 남학생은 진상을 알고도 놀라지 않았다. 마이센이 살인 사건에 관해 알고 범인에게서 총을 빼앗았을 가능성은 이미 생각했다고 한다. 다만 총을 가진 나이트 워치의 위험성을 고려하면 최악의 상황을 가정해 움직여야 한다고 생각했단다……. 이제 그런 말들은 중요하지 않다. 그 녀석을 있는 힘껏 한 방 먹이고 더는 말을 섞지 않았다.

사람들 앞에서는 울지 않았으나 오늘이 끝나는 게 너무 불안해 견딜 수 없었다. 와코와 후미가 곁을 지키며 달래 주었으나 밤이 되어도 잠들지 못했다. 눈을 떴을 때 다시 여기 있으면 어쩌지? 집 침대가 아니라 보건실에서 눈뜨면? 루프가 끝나 버리면? 울음이 터질 것 같았으나 꾹 참고 담요를 뒤집어쓰고는 몸을 잔뜩 웅크렸다.

눈을 뜨자 제일 먼저 어두운 방의 천장이 눈에 들어왔다.

아직 아침은 아니다. 그리고 이곳은 내 방이다.

　루프는 끝나지 않았다. 다시 평소와 같은 오늘이다.

　마이센은 살아 있다!

　환희의 절규를 내지르며 벌떡 일어났다. 소리가 너무 커서 부모님은 물론 옆집 사람들까지 뛰어오겠다.

　오늘도 마이센이 데리러 온다! 콧노래를 흥얼거리며 몸단장을 했다.

　"너 말이야. 짐승 같은 소리 지르면서 일어나는 거 이제 좀 그만해. 어머? 너 화장 안 한다며?"

　"그런 적 없는데."

　진저리를 내며 일어난 엄마가 눈치 빠르게 알아차렸다. 평소보다 꼼꼼하게 한 화장은 그저 시간이 남았기 때문이지 다른 뜻은 없……다.

　그리고 평소처럼 전화벨이 한 번 울렸다. 밖으로 나오니 마이센이 기다리고 있다. 갑자기 부끄러운 마음이 들어 인사조차 제대로 건네지 못했다.

　"……안녕."

　"좋은 아침. 어쩐지 살아 돌아온 기분이네."

　마이센은 어제와 마찬가지로 가늘고 긴 가방을 짊어지고

있었다.

"이렇게 된 이상 내가 총을 가지고 있다는 정보가 곧 퍼질 거야. 그렇다면 학교에 가져가는 게 안전하다고 판단했어. 거긴 이걸 악용하려는 놈은 없을 테니까. 사실 얼마 전까지 학생도 믿을 수 없어서 집에 뒀는데 학교에서 애들을 지켜본 결과 괜찮을 것 같아."

그리고 마이센은 "유쾌한 얘기는 아니지만." 하더니 띄엄띄엄 이야기를 시작했다. 네리마라는 남자에 대해.

두 사람은 클레이 사격장에서 알게 되었다.

그랬구나. 확실히 사냥용 총이 아니었다. 참고로 마이센은 취미에 관해 동료에게도 학생들에게도 말하지 않았다.

마이센이 먼저 초보자인 네리마에게 말을 걸어 이것저것 알려 줬다고 한다.

네리마는 연하의 선배에게 마음을 열고 이윽고 자신이 과거 괴롭힘을 당했던 이야기까지 털어놓았다. 그리고 언젠가 자기를 괴롭힌 애들에게 복수하겠다는 생각도. 마이센은 서서히 그가 위험한 인물이라고 느끼기 시작했다.

그리고 53주기 전 마이센이 루프를 의식하게 되었을 때 산탄총 살인 사건 뉴스가 보도되었다. 부모와 어린 자녀까지 일가족이 살해되었다. 범인은 얼굴을 가리고 있었으나 목격자 정보에 따르면 키 등의 특징이 네리마와 일치했다.

다음 날 마이센은 곧장 네리마의 집으로 갔다. 창을 깨고 침입해 총을 들이대고 따져 물었다.

"그 사람은 아니라고 했어. 하지만 아무리 봐도 범인 같았지. 그래서 그 사람의 총 보관함에서 산탄총을 꺼내 우리 집 보관함에 넣었어. 산탄총은 언제나 보관함에 넣어 둬야 해. 네리마는 묶어서 목욕탕에 던져 놨고."

그리하여 나이트 워치 마이센은 매번 하루가 시작되면 네리마의 집으로 가서 놈을 묶고 총을 회수하는 날들을 보냈다.

"과거에 자기를 괴롭힌 상대를 한 번 쏴 죽인 정도라면 내버려뒀을 거야. 하지만 아이까지 쏜 사람을 그냥 놔둘 순 없지."

마이센이 루퍼가 된 시기를 속인 이유는 20주기 넘게 교사로서 학생을 지키는 일 외에 다른 데 힘을 쏟았다는 게 후회스러웠기 때문이었다.

"망설였어. 경찰에 연락해서 '보안관'이 될까, '자경단'에 들어갈까. 총이 있으니 어떤 형식으로든 세상에 공헌해야 하지 않을까. 하지만 매일 아는 사람을 묶고 방치하는 일만으로 죄책감에 시달렸어. 악인을 추격해 쏘는 일은 도저히 해낼 수 없을 거 같았어. 그래서 분수에 맞게 일단 교사로서 학교에서 할 일을 찾기로 했어."

결과적으로 마이센이 나보다 늦게 루퍼가 되었다고 생각한 나는 별다른 저항 없이 마이센과 통학함으로써 혼자 가는 것보다 훨씬 안전한 시간을 보냈다.

하지만 오히려 이 사람 때문에 마음이 소란해졌다. 젠장! 어떻게 할 건데!

"네리마가 매일 무고를 주장해서 총을 회수하는 대신 묶지 않겠다고 하고 풀어 줬어. 얼마 전부터 내 총은 안 가져간 것처럼 행동하고. 네리마가 살인자라면 총알을 뺀 자기 총밖에 없다고 착각하고 내게 덫을 놓을 테니까……. 설마 가차 없이 죽이러 올 줄이야."

그 상황을 우연히 겪게 된 운이 더럽게 나쁜 나는 뭐냐고.

"나이트 워치인 나를 공격하면 다른 나이트 워치에게 부탁해서 나이트 콜로 깨우게 해야겠어. 다음 날부터 또 묶인다는 걸 다 알면서도 저러다니……. 너무 단순해. 그 정도로 머리가 돌아 버렸는지 몰랐어."

겉모습만 봐도 제정신이 아님은 분명했다. 놈의 손 감촉, 기분 나쁜 목소리, 더러운 숨결. 떠올리기만 했는데도 소름이 돋았다.

"그러고 보니 그놈이 말했어. '오늘 하루만이라도 실컷 즐기자.'라고."

"애써 얻은 자유를 내던질 뿐만 아니라 다음 날 화가 나미쳐 날뛰는 나한테 살해당할 수도 있는데."

"오늘도…… 그 녀석 집에 갔다 왔어?"

"응, 앞으로 매일 묶어 둬야 하니까."

그런 돼지새끼는 스튜에 들어가는 고기처럼 수고스럽게 꽁꽁 묶는 것보다 머리를 한 방 갈기면 될 텐데. 내 참, 여전히 착하다니까.

"3주기쯤부터는 조금이나마 덜 지루하게 양손을 묶는 대신 입으로 펜을 물고 조작할 수 있는 태블릿을 놓고, 와…… 나도 좀 이상한가."

"아니야, 마이센은 이상하지 않아."

자신을 찌른 남자에게조차 동정심을 가지는 사람이 이상하다니 말도 안 된다. 하지만 여차할 경우 악인을 주저 없이 쏠 수 있는 이 사람은 평화에 찌든 이 나라의 '보통' 사람들의 범주에서는 벗어나 있을지 모른다. 그럴듯한 말만 떠들 뿐 무법자들에게 저항하지 못하는 게 '보통'이라면 엿이나 먹으라고 해.

정상인지 비정상인지, 옳은 일인지 아닌지는 내가 상관할 바 아니다. 나는 그저 마이센이 목숨을 걸고 학생을 지키는 교사라는 사실만은 안다. 그런 사람이라 나는……

침묵이 흐른다. 어쩐지 이대로 가면 내가 원하지 않는 방향으로 이야기가 흘러갈 것 같았다.

"하지만 마이센 덕분에 사건은 한 번만 일어나고……. 아니, 마이센이 칼에 찔려 죽고 나도 습격을 당했으니까 두 번인가? 어쨌든 두 번만 일어나고 끝났는데 루프가 끝나면 경찰이 제대로 움직여 주려나? 총은 마이센이 회수했으니까 괜찮지만 아이까지 쏴 죽인 놈인데 아무리 피해자가 살아온다고 해도 꼭 체포했으면 좋겠어."

"정기적으로 방송 중이잖아. 초법적 조치로 루프 기간 중의 성범죄와 상해, 살인은 루프가 끝나는 대로 일제히 체포한다고. 또 나이트 워치 범죄자가 나이트 콜로 다른 범죄자를 깨워 줘도 바로 공범이 성립되고."

이야기의 방향이 자연스럽게 다른 데로 흘러 안도했다.

"맞다. 피해자의 증언이 있으면 물적 증거 없이도 유죄가 될 가능성이 있다고 했지?"

"그야 물적 증거가 있을 수 없으니까. 하지만 그렇게 위협하지 않으면 자기 맘대로 행동하는 야만인이 늘어날 거야. 다른 나라도 대체로 비슷한 조치를 취하고 있고."

"특히 여자를 폭행하는 놈들은 루프가 끝나자마자 바로 잡아넣지 않으면 곤란해. 살해된 사람은 살아 돌아오니까 그나마 다행이지만 폭행당한 기억은 사라지지 않잖아."

"맞는 말이야……. 하지만 실제로는 루프 중의 범죄는 흐지부지될 거라고 봐."

"뭐? 왜? 교도소에 넣을 놈들이 너무 많아서 교도소가 꽉 차서?"

"그것도 있지. 근데 체포, 기소, 재판이 따라 주지 못할 거야. 경찰과 검찰 중에도 범죄를 저지른 놈이 있을 테고. 무엇보다 증언만으로 유죄를 내리는 게 아무래도 힘들 거야. 무죄 추정의 원칙이란 게 있으니까."

"그 원칙을 무시할 상황이라서 초법적 조치라고 한 거 아냐?"

"하지만 저 사람에게 성폭행당했다, 저 사람에게 살해

당했다는 증언만으로 유죄 판결을 내리면 무고죄 천국이
될걸?"

"강간마와 살인귀가 태연히 어슬렁거리는 범죄 천국보다
는 낫지! 애써 원래 세계로 돌아갔는데 치한이 득실대는 전
차에 탄 거나 마찬가지잖아."

"치한이라……. 그러고 보니 가끔 화제가 된 치한으로 몰
린 사건을 보면 무죄 추정의 원칙이 이미 무시되고 있는 거
네. 보는 각도에 따라서 이 나라의 사법 체계는 구멍투성이
야. 그렇다면 정부의 초법적 조치가 현실이 될 가능성도 있
을까? 어차피 정치가라는 인간들은 표심을 잃는 걸 제일 두
려워하니까 루프 중에 범죄 피해를 당한 사람이 많다면 절
대 무시할 수 없겠지. 아니면 결국에는 특기인 무사안일주
의로 지금 마음껏 폭력을 가하는 범죄자들을 견제하기 위
한 위협 문구에 불과할지……."

점점 이야기가 확대되었으나 논리적으로 말이 긴 평소의
마이센을 보고 안심했다. 둘 다 살아왔다고 해도 어쨌든 죽
이고 죽임을 당한 경험을 한 것이다. 마음의 상처를 입었을
까 봐 걱정했는데 본인은 태평한 표정을 짓고 있다. 그게 좋
은 건지는 모르겠지만…….

일단 내게 불리한 화제에서는 상당히 벗어난 듯하다. 무엇보다 그때 내가 내뱉었던 말을 숨이 넘어가기 직전의 마이센이 들었을지도 의문이다.

"……다른 말인데 그…… 내가 죽을 때 지카가 한 얘기 말인데."

허벅지에 온 신경을 집중하고 자전거 속도를 높여 마이센을 앞질러 갔다.

"어이, 기다려! 그렇게 속도를 내면 위험해."

마이센도 지지 않고 속도를 올려 내 옆으로 왔다.

"그, 나를……이란 말 말이야."

"아니, 그 이야기는 지금 안 하고 싶다는 티를 냈잖아! 분위기 파악 좀 해!"

"하지만 진심을 담은 말에는 진심으로 대답해야지. 교육자로서."

"갑자기 선생인 척하지 말고!"

마이센이 평소의 마이센으로 있지 않으면 나도 평소의 나로 있을 수 없다.

"에이…… 나는 늘 교사답게 행동했는데."

"그래서 손수 컵을 챙겨 다니는 거야? 고급 제품을 쓰면 어른인가? 잘 싸서 가방에 넣고 다니고."

"마이센(구라마이 선생님의 줄임말), 구라마이 선생이 마이 센(독일의 유명 도자기) 컵을 가져오는 거잖아. 절묘하지 않아? 다들 좋아했잖아."

월급이 많지 않은 젊은 고등학교 교사가 스스로 샀을 법하지 않은 그 고급 컵은 교원 임용 시험 합격을 축하하며 친척이 선물해 준 거라고 한다. 새 담임 구라마이 선생님이 그 이야기를 해 준 날부터 선생님의 별명은 마이센이 되었다. 도자기로 유명한 독일의 마이센과는 억양이 다르다. 선생님의 별명인 마이센은 '개선(가이센)'이나 '폐렴(아이엔)'처럼 뒷글자를 강조하는데 도자기의 마이센은 '사이렌'이나 '수련'처럼 앞글자를 강조해 발음한다.

"나이트 워치니 나이트 콜이니 그게 다 뭐야?"

"나이트 콜은 내 아이디어가 아니야. 야근팀 경찰이 하루가 시작할 때 비번이나 아침 당번 경관을 깨워서 소집하기 위해 비상 연락 하는 걸 그렇게 불러."

그러고 보니 옛날에 호신술 교육을 하러 학교에 온 경찰이 그렇게 말한 적이 있다.

"야근팀……이면 마이센 같은 사람은 철야팀이라고 하면

되잖아."

"그렇게 촌스럽게 부르는 것보다 나이트 위치가 나쁜 일이 일어나는지 감시하는 느낌 나고 좋잖아? 다른 호칭이 좋겠다면…… 맞다. '조커'는 어때? 중요한 카드잖아."

우와, 촌스럽다.

"촌, 스, 러, 위! 알아? 그런 걸 중2병이라고 부른다고."

아무도 대놓고 지적하지 않은 말을 결국 내 입으로 하고 말았다.

"중2병 정도는 뭔지 알아. 날 그런 환자 취급하지 마. 중2병은 오히려 너 아니야?"

"뭐?"

"주위 학생이나 어른들을 위기감이 부족한 얼간이들이라고 생각하지? 상황을 제대로 파악하고 있는 사람은 자기뿐이라고. 그런 태도는 주위에 전해진다? 뭐, 확실히 지카는 판단력이 좋은 편이지만……."

"뭐? 뭐라고? 그게 무슨 소리야? 나한테 그런 말도 안 되는……! 에로 교사 주제에!"

급소를 찔려 당황한 나머지 말도 안 되는 소리를 지껄이고 말았다.

"어? 그게 무슨 말이야?"

"옆에서 관계하는 학생들의 소리를 몰래 들었잖아!"

"아, 그야 보건실 외에는 침대가 없으니까 어쩔 수 없잖아. 일부러 옆 사람 소리를 들은 적 없다고!"

"거짓말. 분명히 귀 기울였겠지? 에로 교사, 에로샌!"

"절대 에로샌이라고는 부르지 마라. 자느라 옆 상황을 신경 쓸 여유도 없으니까."

"근데…… 내가 깨우러 갔을 때 커져 있었어. 그거 말이야."

실제로 그런 모습을 본 적이 없다. 하지만 시비를 걸어오는 바람에 앞뒤 안 재고 맞불을 놓느라 내뱉은 말이다.

한 박자 늦게 의미를 깨달은 마이샌이 더욱 당황한 목소리를 냈다.

"커, 커진 적 없어! 설령 커졌더라도 그건 생리 현상이야! 자고 일어나면 원래 그래!"

"이런 데서 보건 수업은 안 하셔도 되는데요~?"

이때다 싶어 바로 마이샌을 놀렸다. 드디어 여유를 되찾았다.

"……뭐냐? 어제는 그렇게 매달리더니. '선생님, 죽지 마요, 죽지 말아요.' 하면서."

역습이 날아왔다. 자전거 브레이크를 잡고 나란히 있는 마이센의 어깨에 주먹을 날렸다.

"바보야, 까불지 마! 죽는다!"

"앗, 교사를 때리냐! 어제 죽었던 사람한테 죽는다는 소리 하지 마!"

"나도 그때 머리를 맞아서 제정신이 아니었다고!"

— 루프하는 날들이 즐거워지는 순간도 있어. 후미의 말이 떠올랐다.

그 기분을 모른다고 하면 거짓말이다. 그래도 내일이 오길 바란다.

마이센은 학생과 몰래 연애할 수 있는 사람이 아니다. 오늘이 계속 이어지는 한, 내가 고등학교를 졸업하지 못하는 한 이 승부에서 이길 방법은 없다. 그러므로 이제 내 마음을 말로 표현하지 않을 거다.

하지만 언젠가 내일이 돌아오면…… 학생이 아닌 나라면 이길 가능성은 있다.

남들이 보기에 한심해도 목표가 있다는 건 좋은 일이다.

학교에 너무 일찍 도착하지 않도록 자전거 속도를 조절

한다. 이른 아침 공기로 열을 식혀야 한다. 상기된 얼굴로 학교에 가면 와코와 후미에게 무슨 소리를 들을지 모른다.

3

BREATHLESS
브레스리스

내일이 오는 세계라도
오늘이 계속되는 세계라도 마찬가지다.
후회 없이 살아야 한다.
후회하지 않으려면
열중해 있는 것에 온 힘을 다해야 해.

눈앞으로 달려드는 빨간 신호로 하루를 시작한다. 당황하지 않고 발을 바꾸어 급브레이크를 밟는다. 교차로 앞에서 정지할 수 있다는 사실을 알고 있다 해도 매일 이런 상황에서 하루를 시작한다는 건 기분이 그리 좋지 않다. 하루가 지나면 모든 게 원래대로 돌아간다고 해도 '2주기 날'처럼 브레이크 밟는 시간이 맞지 않아 옆에서 달려온 차와 부딪히는 사태만은 피하고 싶다. 타이밍이 달라지면 그때와 다른 차와 부딪힐 수도 있다.

눈앞을 통과하는 자동차 운전자가 나를 보며 손을 들었다. 이제는 완전히 익숙한 그의 얼굴에 대고 나도 미소를 지었다. 그가 나보다 먼저 루퍼가 되었고 게다가 나를 알고 있어서 다행이었다.

― 아무래도 졸음운전 같은 걸로 사고를 낸 모양이네. 그렇게 큰 사고가 났는데 또 교통사고라니. 그건 그렇고 정말 생생한 꿈이었어…….

혼란한 와중에 그런 생각을 하는 내게 차에서 내린 그가 웃으며 말했다.

"신경 쓰지 마. 네 잘못 아니야. ……놀랐나! 당신, 제럴드 아닌가! 이런 유명인과 수없이 지나치고도 몰랐네. 하지만 당신 차가 달려온 건 오늘이 처음이야. 그 말은 곧 오늘이 루프 '2주기 날'이란 건가?"

이후 그는 변해 버린 세계에 관해 짤막하게 알려 줬다. 사고로 머리를 다쳐서 이상한 말을 떠드는 게 아닌가 했는데, 그의 이야기는 너무나 논리정연해서 무시하고 보험 회사나 경찰에 연락하는 게 주저될 정도였다. 그리고 내게는 분명 그날을 끝냈던 감각이 있었다. 교차로로 돌진하기 직전에 틀림없이 체육관에 있었다. 두 사람이 한 팀이 되어 태클 연습을 했는데 정신을 차려 보니 다른 차에 태클을 걸고 있었다. 그 연습 풍경이 아무리 평범한 일과라 해도 너무나 선명해 도무지 졸음운전 도중에 꾼 찰나의 꿈처럼 여겨지지 않았다.

"다음 달에 열릴 예정이었던 당신 복귀전을 못 보게 돼서 유감이야, 챔피언!"

그는 그렇게 이야기를 마무리하고 말리는 내게 손을 흔들며 오른쪽 뒷문이 엉망이 된 차에 타고 그 자리를 떠나 버렸다. 그로부터 몇 시간 동안 저녁이 될 때까지 라디오, TV, 인터넷에 나오는 뉴스, 즉 대부분 꿈에서 봤던 뉴스를 하나도 빠짐없이 봤다. 그리고 그가 아니라 세계가 이상해졌음을 마침내 인정했다.

그러고 나서 집에서 뜬눈으로 하룻밤을 보냈다. 시곗바늘을 응시하며 하루의 '종점'이라는 시간이 오기를 기다렸던 것이다. 다음 순간 운전석에 앉아 있었고 이번에는 무사히 급브레이크를 밟는 데 성공했다. 망연자실한 내 앞을 통과하는 차 안에서 그 남자가 엄지를 세워 보였다. 이렇게 나의 루퍼 생활이 시작되었다.

루프하는 하루의 '시작점' 시간에 사람들은 뭘 할까. 남북 아메리카 대륙은 마침 낮 시간대라 자고 있던 사람은 적을 것이다. 운 나쁜 사람 중에는 스카이다이빙을 하던 사람도 있으니 그나마 나는 형편이 낫다.

그때 뭘 하고 있는지보다 각자의 육체 상태가 더 중요하다. 첫 번째 루프만 잘 넘기면 운전 중이든 물속, 공중이든 준비할 수 있다. 그런데 만약 운명의 날이 8개월 이상 전에 난 교통사고로 크게 다쳐 입원한 기간이었다면 어떨까. 혹은 오전 내내 연습만 했다면 체력이 남아도는 최상의 상태로 하루를 시작할 수 없다.

개인적 혼란과 사회적 혼돈의 시기가 지나고 이 이상한 날들이 완전히 일상이 된 지도 꽤 되었다. 늘 조심스럽게 안전 운전을 하던 게 믿기지 않을 정도로 나의 애마 쉐보레 콜벳의 액셀을 주저 없이 마음껏 밟았다. 다른 차들도 일단 달리고 보는 게 당연해져서 법정 속도를 지켰다가는 오히려 사고를 일으키게 된다.

간선 도로를 시속 180킬로미터로 달리면 집에서 체육관까지 10분도 걸리지 않는다. 챔피언 벨트를 딴 기념으로 산 스포츠카의 성능을 시험할 기회가 이런 식으로 주어질 줄은 미처 몰랐다.

체육관에 들어서자 오늘은 조셉이 샌드백을 두드리고 있다. 그의 하루 시작 지점은 이 체육관이었다. 다행히 오후 연습을 막 시작한 터라 그리 피곤하지 않았다. 오히려 몸이 딱 알맞게 데워진 상태였다.

이 시간에 체육관에 있다는 것만 봐도 알 수 있듯 프로 선수다. 연습 같은 거 내팽개치고 무절제한 섹스나 마약을 즐기러 거리로 나서거나, 더 짜릿한 오락거리에서 스릴을 찾을 수도 있었다. 아주 일부분이긴 하나 제정신이 아닌 것 같은 사람 가운데 낙하산 없이 스카이다이빙에 도전하는 '익스트림 자살'이나 러시안룰렛을 시도하는 사람까지 나오고 있다고 한다.

과격하거나 눈에 띄는 행동, 상식을 벗어나 즐기는 걸 좋아하지 않더라도 더 이상 육체를 단련시키는 게 의미 없는 세계에서 체육관에 있으려 하는 사람은 거의 없다. 이곳이 텅텅 빈 것도 너무나 당연하다.

그런데도 조셉은 최근 체육관을 떠나기 전에 나와 함께 오후 1, 2시간을 연습에 쓴다.

"제럴드, 스파링하자."

"그래."

청바지에 티셔츠 차림 그대로 오른손에 OFG(오픈 핑거 글러브)를 끼면서 케이지 안으로 들어간다. 이는 최근 들어 시작한 시도다. 평소 돌아다니는 차림으로 싸움으로써 격투기의 호신술이라는 본질과 무도 정신을 재발견하는 게 목표라고 조셉에게 설명했지만 실은 연습에 변화를 줘서 질리지 않도록 하려는 게 목적이다.

케이지 중앙까지 걸어가 조셉과 글러브를 맞대려는데 기습 태클을 당했다. 테이크 다운(상대의 균형을 무너뜨리고 공격자가 착지한 상태에서 상대를 바닥으로 끌어 내리는 기술) 상태는 면했다.

"시선이 너무 정직해."

글러브를 맞대는 척하며 순간적으로 떨군 그의 시선 덕분에 어디를 노리는지 알 수 있었다. 그런데도 하마터면 테이크 다운을 당할 뻔한 이유는 준비 운동 없이 스파링을 시작했기 때문이다. 세계가 이렇게 되지 않았다면 스트레칭이나 준비 운동을 하지 않고 갑자기 움직였을 때 선수의 기량이 얼마나 떨어지는지 시도해 볼 생각조차 하지 않았을 것이다. 무릎 십자 인대 파열을 겪은 몸으로는 더더욱.

케이지에 들어온 이상 피차 이대로 교착 상태에 있을 마음은 없다. 조셉은 손을 떼고 팔꿈치를 돌리기 시작했다. 하지만 팔꿈치 공격은 세계가 루프되기 전인 지난 반년간 내가 가장 열심히 연마한 기술이다. 이 말인즉 그걸 방어하는 방법도 안다는 뜻이다. 조셉의 좌우 팔꿈치 연타를 막고 근접 타격에 응했다. 거리를 두고 몸을 풀 때까지 시간을 버는 일도, 원래 특기인 중거리에서의 공방으로 가져가는 일도 하지 않는다.

먼저 한 방 먹은 사람은 나였다. 근거리에서 날린 오른발 하이 킥을 막을 수 있을 줄 알았는데 발끝이 후두부를 감듯 들어와 가볍게 머리를 때렸다. 순간적으로 덤벼들며 몸을 돌려 철망을 사이에 두고 탈출한다. 팔을 내리고 물러나며 쫓아온 조셉의 공격을 백 스텝으로 피하고 아주 빠르게 잽을 날린다. 아, 깜빡했다. 레프트 잽은 쓸 수 없다. 잽에 의존하지 않는 대전 방식을 모색해 시도 중인데 방심하고 자칫 왼손을 뻗을 뻔했다.

서로 한숨 돌리며 태세를 바로잡은 순간도 잠깐, 조셉이 로 킥을 날렸다. 조금 전의 하이 킥과 마찬가지로 조셉의 발차기 기술은 정말 눈부시게 발전했다. 이 로 킥도 발끝이 채찍처럼 날아와 방어가 쉽지 않다. 하지만 기술을 쓰는 타이밍이 너무 빠르다. 이런 부족한 로 킥에는 반드시 카운터 태클(결정적인 태클)을 건다. 무릎이 완치된 뒤로 태클을 걸 때 주저하지 않는다. 조셉이 찬 다리가 제자리로 돌아가는 것보다 먼저 테이크 다운을 노림으로써 상대의 허를 찔러 다리 관절을 쳤다. 서로 익숙지 않은 공방이 몇 초간 이어진 뒤 조셉이 항복을 선언했다. 시합이라면 더 물고 늘어졌겠으나 하루가 막 시작된 시간대에 무리해서 다칠 수 없다.

"당했어. 역시 발목 관절은 잘 써먹으면 강력한 무기라니까."

"응, 최고의 기술이 거의 완성됐어."

이 시간의 스파링은 보호 용구를 차지 않는 대신 70퍼센트의 힘만 쓰기로 했다. 그리고 평소에 자주 쓰지 않는 기술을 일부러 사용하기로 했다. 지금 세계는 신체 컨디션이 하루 단위로 리셋되므로 피지컬을 강화할 수 없다. 강해지려면 기술의 개수를 늘리고 그 기술들을 자유롭게 사용할 도리밖에 없다.

"오늘 주제는 뭐로 하지?"

평소처럼 조셉이 물었다.

"반복이기는 한데 다채로운 기술로 상대의 허를 찌르는 거. 변칙 차기 제대로 하기."

"그러면 나도 어제랑 같은데, 위아래로 쏟아지는 공격에 뒤로 물러서지 않고 방어하기. 그리고 잽 대신 빠른 인 로 킥을 최대한 사용하기."

그렇게 두 번째 스파링을 시작했다. 이번에는 아까보다 몸이 풀려서 더 잘 움직였다. 3라운드째 압박을 더한 결과 조셉의 체력이 바닥나는 게 느껴졌으나 피로가 한계에 달했을 때 어떻게 싸울지 훈련이 되므로 그냥 계속한다. 조셉은 간신히 4라운드까지 견딘다. 아무리 준비 운동을 제대로 하지 않은 상태라 해도 조셉 같은 어린 선수가 나와 이정도까지 싸우다니 경이롭다.

이대로라면 언젠가 챔피언 벨트를 거머쥘 것이다. '언젠가'를 빼앗긴 세계만 아니라면.

정확히 2분의 휴식 후 미트를 끼고 조셉의 펀치를 받아준다. 짙은 피로 속에서도 가드를 내리지 않고 의식적으로 타격을 막게 하기 위해서다. 끝나면 조셉이 휴식을 취하는 동안 정신없이 샌드백을 쳐서 호흡이 한계에 도달할 때까지 쓴 다음에 조셉에게 미트를 넘긴다. 가드를 두려워하지 않고 힘을 뺀 빠른 타격—예비 동작이 적은 인 로 킥에 라이트 스트레이트, 근거리에서 옆이나 대각선 위에서 단순하게 뛰어들며 레프트 엘보 공격—을 가한다.

훈련을 끝내고 잠시 휴식을 취하는데 전화벨이 울렸다.

사무실 전화는 시끄러운 운동 소리에 지지 않도록 소리가 엄청나게 크다. 지금 세상에서 체육관에 전화를 거는 특이한 인간이라면 한 명밖에 없다. 조셉이 옆 사무실로 달려갔다.

"브라운 사장님, 무슨 일이세요?"

수화기를 들자마자 조셉이 물었다.

"……네, 제럴드요?"

조셉이 이쪽을 흘끔 보기에 나는 고개를 저었다.

"벌써 돌아갔죠. 특별 룰 시합에 나갈 마음이 여전히 없던데요."

그가 통화를 끝내고 돌아왔다. 뭔가 할 말이 있는 듯한 표정을 짓고 있다.

"너도 내가 시합에 나가길 바라는 거야?"

"솔직히 말하면 아무것도 모르고 떠드는 사람들 입을 닥치게 하고 싶어."

얼마 전부터 인터넷에서 나를 겁쟁이라 부르는 사람이 많아졌다는 사실은 알고 있다.

"너는 이 일이, 이 운동이 좋아?"

"세상이 이렇게 됐잖아. 좋아하지도 않는 일에 땀을 흘릴

만큼 마조히스트는 아니야."

"나도 이 일이 좋아. 연습은 힘들어도 케이지에 들어가 싸우는 게 좋아. 뭐, 노후 자금을 걱정하지 않더라도 나는 시합에 나가고 싶어 했을 거야. 물론 요즘에는 아무도 이런 걱정을 안 하겠지만."

조셉은 진지한 표정으로 고개를 끄덕였다. 그나 나나 유머가 있는 편이 아니다.

"그래서 더 그런 흥행 시합에 나가고 싶지 않아. 그건 내가 사랑하는 종합 격투기가 아니야."

조셉은 아무 말도 하지 않았으나 당연히 이해하지 못했다.

피곤한 상태에서 하는 수비 연습이 아직 남아 있었으나 굳이 말하지 않아도 피차 오늘은 더 할 의욕이 사라졌음을 알았다. 내일 루프의 '종점' 전 시간에 와서 스파링을 하기로 약속하고 귀갓길에 올랐다. 체육관은 따로 문단속을 하지 않는다. 누가 뭘 훔쳐 가든 어질러 놓든 어차피 내일 정오가 지나면 원래대로 돌아오니까.

집에 돌아와 인터넷으로 내셔널 지오그래픽의 TV 프로

그림을 보며 핫케이크를 굽고 있었다. 메이플시럽 병을 기울여 접시에 담은 핫케이크에 붓는데 갑자기 그리운 유소년 시절이 떠올랐다. 물론 그때는 메이플시럽을 병에서 직접 따라 먹는 일은 상상도 할 수 없었다. 아이답게 스푼으로 시럽을 푸고 황금색의 흐름이 완전히 끊어지기를 기다렸다가 재빨리 접시 위로 옮겨야 한다. 잘하면 병 주변을 더럽히지 않고 해낼 수 있다. 기울인 스푼에서 천천히 떨어지는 금색 폭포가 먹음직스러운 갈색 핫케이크 표면을 타고 미끄러진다. 나이프로 잘라 한 입 머금으면 진한 달콤함이 입안에 퍼진다.

오랜 세월이 흘러 지금의 나는 메이플시럽에 담갔다고 해도 과언이 아닐 정도의 핫케이크를 통째로 포크로 찔러서 입에 가져간다. 핫케이크는 물을 머금은 스펀지처럼 혀로 눌러도 시럽이 흘러넘친다. 달콤한 맛을 음미하면서도 지나쳤음을 시인한다. 이래서는 빵의 식감을 느낄 수 없다.

은퇴할 때까지 달콤한 음식을 실컷 먹는 일은 절대 없을 줄 알았다. 감량을 힘들어하는 편은 아니었는데 평소에 절제해서 몸무게가 너무 늘지 않도록 조심한 덕분이다. 급한 체중 감량은 컨디션을 떨어뜨린다는 사실을 경험상 잘 알고 있다. 웰터급 170파운드(77.1킬로그램) 기준을 무리 없이 통과하려면 아무리 살이 쪄도 85킬로그램을 넘지 않도록 주의했다. 세계가 원래대로 돌아오면 자유로운 식사와도 완전히 결별해야 한다.

그러나 이 세계에 내일이 돌아오는 날이 다시 올까.

다 먹은 접시를 싱크대에 던져 놓고 가장 가까운 스케이트장의 '매일' 일정을 찾아본다. 한 명석한 이가 스케이트장을 시간별로 아이스하키와 스케이트에 사용하도록 오늘(정오 넘어서부터 내일 정오까지)과 내일(내일 정오 넘어서부터 모레 정오까지)의 시간표를 작성해 공개했다. 이전의 나는 연습과 시합에만 몰두했다. 혹여 다른 운동을 하다가 다치면 안 되니까 여러 해 동안 스케이트화를 멀리했다.

마침 오늘 저녁 스케이트를 위해 개방한다고 한다. 수년 만에 스케이트나 타 볼까. 아이스하키를 하는 사람들과도 어울리고 싶었으나 지금의 나는 어릴 때처럼 스틱을 다루지 못한다.

집 밖에서 급브레이크를 밟는 높은 소리가 울렸다. 걱정스러운 마음에 밖을 보다가 어이가 없어 한숨을 쉬었다.

급정지한 BMW i8에서 호쾌하게 내리는 남자를 봤기 때문이다. 전미 최대 규모의 격투기 단체를 운영하는 회사의 사장 자리에 있는 사람이 굳이 플러그인 하이브리드 차를 몰면서 지구 환경을 생각하고 있다는 걸 어필해야 하나 싶었다.

"브라운 사장님, 친히 국경까지 넘어오신 거예요?"

본사는 라스베이거스에 있으나 본인은 마침 이날 뉴욕에 있었다고 한다. 이곳 몬트리올까지는 하루 안에 차로 올 수 있긴 하다. 그래도 이건 너무 빠르다.

"어이! 뉴욕에서 여기까지 4시간 반 만에 끊었어. 두 번 정도 사고로 죽을 뻔했지만."

대략 600킬로미터의 거리다. 내가 체육관에서 집까지 과속하는 것과는 차원이 다르다.

"자, 고생하면서 왔으니 이야기 정도는 들어주겠지?"

"물론이죠. 대답에는 변함이 없겠지만요."

사장을 거실로 안내하고 맥주를 대접했다. 지금 세계에 음주 운전을 따지는 사람은 없다. 사장은 맥주를 단숨에 들이켰다.

"휴, 하루가 되풀이돼서 나쁜 일만 있는 것도 아냐. 이렇게 다 마신 맥주도 내일이면 다시 생기니까. 지금 세상에서는 이미 가지고 있는 건 줄지 않아."

마찬가지로 다치더라도 다음 날에는 원래 상태로 돌아온다. 그러니 괜찮지 않냐는 말을 꺼내리라 생각했는데 많은 파이터와 접해 온 브라운 사장은 그런 무신경한 말로 나를 설득하지 않았다.

"더 좋은 술이 있으면 좋았겠지만 평소에 술을 잘 안 마셔서요."

"괜찮아. 원래 갖고 있지 않은 물건은 매일 새로 손에 넣어야 하잖나. 그런데 제럴드, 총 가지고 있나?"

"총이요?" 뜻밖의 질문이었다. "그럴 리가요. 소지할 생각조차 안 했는데요."

"난 있어. 세상이 이렇게 된 뒤로는 늘 갖고 다니지."

미국은 총기 소지가 가능한 사회라고 해도 휴대하는 사람은 많지 않다고 들었다. 이전의 브라운 사장처럼 집에 두는 사람이 많았을 것이다.

"그런데 말이야. 폭력배가 먼저 총을 들이대면 소용없잖아? 지난 석 달 동안 두 번이나 미간에 총구가 닿았다네. '어이! 브라운이지? 이 새끼야, 좀 더 좋은 카드를 짜라고!'라고 생판 모르는 남자에게 욕을 먹었지. 쌍둥이인가 싶을 정도로 두 번 다 똑같은 말을 하고 똑같이 권총을 휘둘렀어. 다행히 총에 맞지는 않았지만……. 영 살맛이 안 나더라. 뭐, 얼굴이 통째로 날아갔더라도 다음 하루가 시작되면 끝이지만."

"사장님이나 저나 얼굴이 너무 알려져서 곤란하네요."

"자네는 어때? 소란스러운 날이 있었나?"

"실은 저도 두 번 총구 앞에 섰었어요."

"진짜?!"

"무기를 사용해서라도 챔피언을 쓰러뜨리고 싶었나 봐요. 둘 다 그런 말을 했어요."

"아주 죽이려고 작정했군! 그래서 어떻게 됐나?"

"한 사람은 정면에서 걸어와 아주 가까이에서 머리에 총을 댔어요. 그러고는 뭐라고 마구 소리쳤는데 바로 쏘지 않은 이유는 아마도 주저해서 그랬겠죠. 설득하려다가 자극하는 것보다 제압하는 게 안전하다고 생각해서……."

"총 잡은 손을 잡아서 빼앗은 거야?"

"아뇨, 테이크 다운 했죠. 낮은 태클로 가면 상대의 시야에서 완전히 사라지니까 아마추어는 지면에 메다꽂힐 때까지 무슨 일이 일어났는지 몰라요. 상대가 넋이 나간 사이에 권총을 뺏었어요. 그길로 상황 종료."

"그래서? 그 남자는 어떻게 했어?"

"아무 짓도 안 했어요. 다른 무기는 없어 보여서 그대로 보냈어요. 더 괴롭혔다가 다시 총을 쏘러 오면 어떡해요? 다음 날 살아 돌아오는 그에게 복수의 씨앗만 심을 뿐이죠."

"그렇지! 두 번째는 어떤 놈이었는데?"

"갑자기 어깨에 충격이 와서 돌아보니 어떤 놈이 권총을 겨누고 있더라고요. 그 녀석은 두세 발을 더 쐈어요. 그제야 제가 총에 맞은 걸 알았죠. 나중에야 바깥 근육이 살짝 패인 찰과상 정도만 입었다는 걸 알았는데요. 총을 맞은 순간에는 통증 때문에 목숨이 왔다 갔다 하는 부상처럼 느껴지더라고요."

"어떻게 반격했어?"

"안 했어요. 도망쳤죠."

"뭐? 하지만 상대는 권총을……."

"뒤에서 걸어가는 사람도 못 맞추는 놈이 달리는 표적을 맞힐 수 있을까요? 그래서 상대의 직선 방향으로 뛰지 않도록 조심하면서 도망쳤어요. 놈이 소리소리 지르면서 쫓아왔어요. 총도 쐈는데 총알은 스치지 못했고요."

"뭐랄까, 여전히 냉정하군. 그렇지 않으면 케이지 안에서 살아남지 못하겠지."

"공황에 빠지면 반드시 뼈아픈 일을 당하게 되죠."

"동감이네. 개인도 그렇지만 집단도……."

브라운 사장은 거기서 말을 끊었다. 세계가 가장 혼란스러웠던 시기를 떠올리는 게 아닐까. 늘 수다스러운 그와 어울리지 않는 침통한 표정은 앞으로 나를 설득하기 위해 짓는 연기는 아니리라. 그 무렵 인간이라는 생명체의 추악한 면모를 정말 많이 보게 되었다. 당시까지 루퍼가 되지 않은 사람은 그 무렵의 기억이 없다는 의미에서 행복했다고 할 수 있다.

"끔찍한 시대가 됐지. 뭐 그리 오래되지도 않았지만."

아주 먼 과거를 회상하는 듯한 그의 말투에 그만 쓴웃음을 짓고 말았다.

"아직 90주기도 지나지 않았잖아요?"

일설에 따르면 사회가 완전히 무질서 상태에 빠진 시기는 루퍼가 30퍼센트를 넘어서면서부터라고 했다. 루프하는 사람 가운데 윤리라는 상식을 벗어나는 사람이 얼마나 되는지 그 수를 조사해 정확한 통계를 내는 일은 불가능에 가깝다. 종이나 컴퓨터에 수치를 기록해 둘 수 없기에 더욱 그렇다. 하지만 그 정도 숫자는 사회 질서를 파괴하기에 충분했다.

인간의 기억 외에는 모든 게 초기화되는 세계. 실제로 어떤 범죄를 저지르더라도 다음 날이면 자유로운 몸이 되는 세계. 인간의 짐승 같은 본능이 풀려나 본성을 드러낸 신세계. 비명이 거리를 뒤덮으리라 예상하지 못하는 사람은 성선설을 믿어서가 아니라 그저 바보일 뿐이다.

"우리가 그런 시대를 끝냈다고 우쭐댈 마음은 없어."

"아, 네."

"하지만 그 혼란한 시기에서 지금의 평온한 세계로 오는 과도기에 일정 부분 역할은 했다고 인정해. 자네도 그 점은 동의할걸."

솔직히 수긍했다. 브라운 사장이 이 신세계에서 시작한 흥행은 격투기 선수뿐만 아니라 온 세계로부터 환영 받았고 치안 개선에 공헌했다는 평가를 받고 있다. 물론 원래 종합 격투기를 야만적이라고 비난했던 사람들은 더욱더 혐오감을 드러냈는데 브라운 사장도 그 부분은 포기하기로 했다.

"끈질기다고 생각하겠지만 김 빼기가 필요해. 죄지은 놈을 체포해도 다음 날이면 감옥 밖이야. 강간범을 사형시키건 정당방위로 죽이건 하루만 지나면 살아 돌아와. 선량한 시민의 신경은 남아나질 않지. 다들 자위와 반격만 생각해. 총의 안전장치를 풀어놨는지 수없이 확인하고 자기 방에서도 귀마개를 하고 사격 훈련을 해야 돼. 총알이 떨어졌을 때를 대비해 차고에서 무기가 될 만한 공구를 가져와서 쭉 늘어놓고 어떤 게 침입자의 머리를 깨는 데 적합한지 혹은 무게가 적당한지 비교해. 누군가는 사람들의 폭력 충동을 평화적으로 발산시켜야 했어."

"알죠. 그게 평화적인지 아닌지는 의문이지만."

"응, 그건 정정하지. 평화적 방법으로의 해결이라니 그 무렵에는……, 아니, 지금도 바랄 수 없어. 대중은 피를 보고 싶어 해. 그리고 대중은 금방 싫증을 내지."

자, 드디어 본론이구나. 서론이 길었다. 그만큼 사장은 필사적이다.

"그들은 왕이 특별 룰로 시합하는 모습을 보길 원해."

"특별 룰이요? 그게 종합 격투기의 룰입니까?"

"OFG는 착용해도 되고 쇠붙이 사용하기, 눈 찌르기, 물기 있는 머리채 잡기는 금지야. 마지막은 나랑 관계없지만."

브라운 사장의 스킨헤드가 조명을 받아 번쩍였다. 나는 못 본 척하고 반론을 시작했다.

"하지만 박치기와 후두부 공격이 허용되잖아요. 그것만으로도 완전히 다른 경기라고 봐야죠. 전날 체중 측정이 불가능하다는 이유로 체급도 대충 나눠서 2, 30파운드씩 차이 나는 사람끼리 시합을 하고요. 이런 걸 경기라고 할 수 없어요. 심판이 시합을 중지시킬 권한도 없고요. 때문에 이미 일곱 명의 사람들이 시합 후 죽었죠."

"그래, 다음 날 살아온다고 해도 그 점은 뼈아픈 부분이지. 그 시합에 나선 사람들은 다 우리 선수가 아니라 딴데서 불러온 이류 선수들이기는 하나 그게 변명이 될 순 없지."

"상대의 의식이 사라지고 있는 걸 알면서도 목 조르기를 중단하지 않거나 계속 주먹을 휘두는 건 스포츠가 아니에요. 하지만 대중은 그런 광경에 흥분하죠. 윤리의식이 고대 로마 시대로 퇴행한 사람들 앞에서 콜로세움의 검투사가 돼서 구경거리로 전락하고 싶지 않아요."

"그런 관객만 있는 건 아냐! 옛날 팬도 얼마나 많은데! 자네를 케이지에서 보고 싶어 하는 사람들도 많아. 사고 재활치료를 끝내고 복귀한 자네의 모습을 보고 싶어 한다고."

"그럼 원래 룰로 시합하죠. 체중이 안 맞는 건 어느 정도 감안하고요. 평범한 웰터급이나 미들급 시합에 나올 수 있는 선수 중에서 경기장에 올 상대가 있다면 도전을 받아들일게요."

이 제안은 이미 수차례 해 온 터라 어떤 대답이 되돌아올지 알고 있었다.

"제럴드, 자네 제안은 고마운데 그건 좋은 생각이 아니야."

"옛날부터 팬이라면 웰터급 타이틀 매치가 보고 싶을 텐데요. 게다가 사고 후 제 역량이 어떤지에도 관심 있을 테고요."

"오케이! 인정하지. 사실은 유서 깊은 마니아보다 피범벅되는 싸움을 구경거리 삼아 보고 싶어 하는 사람이 훨씬 많아. 설사 자네가 출전하더라도 그들 눈에는 일반 스포츠인 종합 격투기 시합은 지루해 보일 뿐이야."

브라운 사장의 말에 이의는 없으나 아무래도 거기에는 다른 의미가 있다는 느낌이 들었다. 지난 2년 동안 챔피언으로서 방어전을 치르는 과정에서 판정승을 거둔 일이 많아 일부 팬들은 내 시합이 지나치게 건실하고 지루하다고 비판했다.

　"피에 굶주린 대중을 만족시키는 게 처참한 특별 룰 시합의 전부는 아냐. 그들에게 폭력의 고통을 생생하게 전해 줄 수 있다고. 아무리 살아 돌아온다고 해도 굳이 뼈아픈 경험을 일부러 하고 싶은 마음은 없겠지. 서로 때리며 피를 흘리는 남자들을 봄으로써 가벼운 폭력에서 행동을 멈추게 할 수 있어. 적어도 나는 그렇게 생각하네."

　분명 일정 부분 폭력을 억제하는 힘이 있을지도 모른다. 세상에는 수없이 폭행당하고 살해되면서도 참회하지 않고 끊임없이 범행을 저지르는 강간범과 살인마가 등장하고 있다. 본인이 피해자 쪽이라 상상해 보고 그 시점에서 범행을 중단했다면 세상에 나올 리 없었을 괴물들이다. 처참한 시합 광경을 목격한 관객이 그런 흉악범이 되기를 포기하는 효과가 조금이나마 있다면 확실히 의미 있는 일일 것이다.

　"한동안 특별 룰로만 흥행했는데 자네 시합만 일반 룰로

하면 다른 선수들이 받아들이겠나? 큰 사고를 당하기 전처럼 싸울 수 없게 되었다고 해도 자네만 특별 대우를 받는다고 생각할 거라고. 우리는 목숨을 걸고 싸웠는데 저 녀석만 과거 룰을 적용한다면서."

부정할 도리가 없었다. 사실 챔피언이라는 자리는 가만히 있어도 비난을 받는다.

"그렇다면 이제 과거와 같은 룰로는 영원히 시합할 수 없는 거 아닌가요?"

세계가 원래대로 시간의 질서를 회복할 때까지는.

"난 희망을 버리지 않았어. 세상은 말이야. 적어도 북미, 서유럽, 일본은 혼란기를 벗어나 어느 정도 안정된 질서로 돌아오고 있어. 이런 나라들이 평화로워지면 각지에서 옛날처럼 흥행할 수 있을 거야. 하지만 아직은 때가 아냐."

"그러니까 한동안은 제대로 된 시합을 못 한다는 말인가요?"

"상당히 오랫동안이겠지. 언젠가 그때가 오더라도 세상이 가장 힘들었을 때 싸우지 않은 사람은 맨 끝에 세울 수밖에 없어. 안 그러면 과격한 룰로 싸운 선수나 관객이나 다 이해하지 못할 테니까."

급격히 피로감이 덮쳐 왔다. 모든 걸 경기에 걸고 드디어 정점을 거머쥔 결과가 이건가?

"사장님도 제가 무서워서 시합을 받아들이지 않는다고 생각하세요?"

그는 대답 대신 눈을 내리깔았다.

"……그게 부끄러운 일은 아니지."

"사장님, 전혀 무섭지 않다면 분명 거짓말이겠죠. 하지만 여러 번 말했듯 특별 룰을 인정하지 않는 이유는 제가 사랑하는 격투기와 다르기 때문이에요. 괴롭힘당했던 어린 시절에 격투기를 만났어요. 강해져서 날 괴롭혔던 아이들에게 되갚음해 주고 싶었어요. 하지만 스승님이 가르쳐 줬어요. 손에 넣은 힘을 아무렇게나 쓰면 나를 괴롭혔던 애들과 똑같아진다고. 격투기와 폭력은 다르다고. 이상적으로 들릴 수 있지만 저는 그 가르침을 가슴에 새기고 살아왔어요."

"특별 룰은 그저 폭력에 불과하다는 말인가? 이렇게 생각할 수는 없나? 종합 격투기의 성립 과정을 보면 원래 룰 자체가 없었어. 즉, 실전에 가까운 형태의 싸움에서 시작됐어. 우리도 초창기에는 박치기를 인정했지. 그러다 서서히 룰이 정비되면서 스포츠로 자리 잡아 지금에 이른 거라고……. 박치기 같은 위험한 공격 종류가 늘어난 건 오히려 종합 격투기의 원래 이념으로 회귀했다고도 할 수 있어."

"25년 전 이야기죠. 간신히 경기 수준이 높아져서 스포츠로 인기를 얻었는데 그때로 돌아가자고요? 사장님, 제가 우려하는 점은 과격해진 룰마저 시시해져서 더 과격한 쪽으로 브레이크 없이 굴러가는 상황이에요. 최근에 무기까지 허용하는 불법 격투기가 전 세계에서 개최되고 있다는 소문이 있어요. 자칫 잘못해 길을 벗어나면 우리도 그런 놈들과 똑같아져요."

"그건 나도 걱정하는 바야. 그래서 사람들이 지겨워하지 않도록 자네가 나오길 바라는 거야."

깊은 한숨을 쉬었다. 아무리 가도 평행선이다.

"만약 제가 나간다면 상대는요?"

대중의 주목을 모을 대전 카드를 이미 마련해 놓았을 것이다. 조셉 같은 동문 대결을 제안하지 않을까 긴장했는데 사장의 입에서 의외의 이름이 나왔다.

"이안 나보코프랑 얘기 중이야."

귀를 의심했다. 원래라면 그 이름이 대전 상대 후보로 꼽

히는 일은 있을 수 없다.

"그 사람은 헤비급이에요. 제가 감량을 안 하고 있다 해도 40파운드는 차이가 날 텐데요."

"하지만 이미 은퇴했잖아. 게다가 헤비급이라도 몸집이 상당히 작아서 팔 길이는 자네와 비슷할 거야."

"그래도 힘의 차이는 커요. 체급이 하나만 달라져도 벽이 높은데 벽이 셋이라고요. 그 벽을 뛰어넘는 건 용기가 아니라 무모함이죠."

"맞는 말이야. 그래서 나보코프와의 대결을 받아들이는 순간 자네 명성은 더욱 높아질 거야. 게다가 부상 후 복귀전이야. 전대미문의 이야기가 되지 않겠나? 진다 해도 평가가 절대 나빠지지 않아."

그렇기는 하다. 룰이 다르다고 해도 같은 웰터급 선수에게 진다면 아무래도 선수로서의 가치는 손상될 것이다.

"지난 몇 년간 이만큼 사람들을 흥분시킬 만한 카드가 있었나? 헤비급 사상 가장 위대한 선수 '블리저드'와 웰터급의 절대 왕자 '브레스리스'의 대결이라고. 전 세계 격투기 팬들이 침 흘리며 지켜볼 매치지."

마음대로 떠들며 혼자 흥분하고 있다. 하지만 놀라움이

가라앉자 나 역시 뜻밖의 생각이 떠올랐다.

얼음의 황제 이안과 주먹을 겨뤄 본다는 뜨거운 감정이었다.

"……조금만 시간을 주세요."

사장의 열정에 휘둘렸나? 혼자서 머리를 식히는 게 좋겠다.

"긍정적인 답변 기다리겠네."

사장은 그렇게 말하고 일어났다. 나는 그를 현관까지 배웅했다.

"이 근처에 점심때까지 시간을 보낼 만한 재미있는 곳 없나? 어차피 정오가 지나면 자동으로 뉴욕으로 돌아가는데 굳이 차로 돌아갈 필요는 없지."

이 질문에 괜찮은 대답은 기대할 수 없을 것이다. 소개할 데가 하나도 떠오르지 않았다.

"아하, 아무것도 없나 보군. ……그렇다면 남은 17시간 동안 북으로 얼마나 갈 수 있는지 시험해 볼까?"

사장은 차에 올라타 엄청난 속도로 밤의 어둠 속으로 사라졌다.

잠을 자지 않아도 다음 날 정오가 지나 루프 시간이 되면 피로는 회복된다. 그 시간이 오기 전이라면 오전 중에는 하물며 다쳐도 상관없다. 그럼에도 조셉과 온 힘을 다해 괜찮은 스파링을 해야 하므로 잘 자 둬야 한다.

하지만 따로 조셉과 약속을 하지 않은 날에도 잠은 꼭 자려 한다. 언제까지 루프가 계속될지 모르는 세계에서 수면욕구를 거스르면서까지 하루를 길게 쓸 하등의 이유가 없다. 게다가 루프가 일어났을 때 체력은 회복될지언정 잠을 자지 않으면 기억력이나 판단력이 떨어지는 자각 증상이 생긴다는 사실이 꽤 오래전부터 널리 알려져 있다.

얼핏 불합리하게 느껴질 수 있으나 애당초 이 이상한 세계에서 인간의 기억력만 시간의 틀을 벗어나는 게 더 불합리할 것이다. 왜 인간의 뇌만 루프의 영향을 받지 않는단 말인가. 그렇다면 뇌를 쉬게 하기 위해서 수면이 필요하다는 말이다.

몇 년 전 내셔널 지오그래픽 TV 프로그램, 아니면 다른 어딘가에서 '수면의 과학' 편을 본 기억이 있다. 그에 따르면 인간의 뇌는 잠자는 동안 하루 기억을 정리한다. 만약 뇌가 루프의 영향을 받지 않는다는 전제가 옳다면 잠을 제대로 자지 않을 경우 기억은 정착되지 않는다.

이런 사실은 피험자를 재우지 않고 하루, 이틀, 사흘, 매일 뇌 MRI를 찍으면 정확한 결과를 알 수 있을 텐데 그런 연구를 하고 있다는 이야기는 들은 바 없다. 아니면 연구는 하고 있는데 발표할 만한 가치가 있는 결과가 아직 안 나왔나. 혹은 세계를 뒤흔들 만한 어떤 사실을 발견했는데 공식 발표를 미루고 있나.

망상을 하나씩 더하면서 오늘도 깊은 잠에 빠졌다.

다음 날 아침 뉴스와 할리우드 액션 영화를 보고 나서 체육관으로 향했다.

어제 일에 대해 더 생각하고 싶어 조셉과 곧장 스파링할 마음이 생기지 않았다. 대신 샌드백을 가볍게 두드렸다.

사장이 과거와 같은 흥행을 부활시키는 데 긍정적이지 않다는 건 이미 알고 있었다. 그러므로 아무리 매일같이 연습하고 기술을 갈고닦아도 시합에는 나가지 못할 거라고 생각하며 반쯤 포기하고 훈련해 왔다. 하지만 그건 변명거리에 불과하다. 시합이 하고 싶다. 케이지 안에서 나를 쓰러뜨리려는 상대와 팽팽한 긴장감이 흐르는 가운데 진검승부를 펼치고 싶다.

"제럴드, 부탁할 게 있는데."

옆에서 샌드백을 때리고 있던 조셉이 움직임을 멈추고 말을 걸어왔다. 힐끔 보니 오늘 그도 나처럼 연습에 제대로 집중하지 못하는 듯했다.

"너랑 진심으로 싸우고 싶어."

그가 내뱉은 발언의 진의를 알 수 없어 당황했다.

"대충 스파링한 적은 없는데."

"그게 아니라 너랑 실전처럼 승부를 겨루고 싶다고."

의외의 말에 갑자기 불안해졌다.

"뜬금없이 무슨 말이야? 실전? 진짜로 싸우자고?"

"특별 룰이어도 괜찮아. 단, 눈 찌르기 같은 거는 할 생각 없고 중요 부위를 차는 것도 사양이야. 둘 다 인간을 상대로 쓸 기술은 아니지. 대신 글러브 없이 맨주먹으로 싸우자."

"잠깐만! 그런 걸 왜 해?"

"내가 얼마나 강한지 알고 싶어서."

"그거야 평소의 스파링으로도 알 수 있잖아?"

"룰 속에서 얼마나 강한지만 알 수 있지. 실전에서 내가 얼마나 할 수 있는지 알고 싶어."

"조셉, 물론 나도 실전에서 어떻게 싸울지 알고 싶다고 생각한 적은 있어."

룰이 없을 때 싸움의 형태는 어떻게 변할까. 그리고 그때 가장 강한 사람은 누구인가. 격투기 선수라면 누구나 한 번쯤 생각한다. 특히 싸움을 제일 잘하는 사람이 누구냐는 질문에 대해서는 격투기 선수뿐만 아니라 많은 남자가 답을 원한다.

"하지만 결국은 생각해 봤자 소용없는 일이라는 결론에 도달해. 실전에서 가장 강한 사람이 가장 위대한 파이터가 되느냐 하면 그건 아니야. 잘 생각해 보면 룰이 없는 상황은 뭘까…… 멋진 게 없잖아? 무기 사용만 금지하고 다른 건 다 해도 된다면 결국은 비겁한 방법을 주저 없이 사용하는 놈이 유리하지. 난 룰이 정리된 시합보다 그런 상황이 진정한 강자를 결정하는 데 어울린다고 생각하지 않아."

"제럴드, 네 말이 맞아. 하지만 난 그저 알고 싶을 뿐이야. 누가 최강이냐가 아니라 내가 얼마나 강한지, 순수한 싸움에서 내가 얼마나 할 수 있는지. 넌 알고 싶지 않아?"

당연히 알고 싶지!

괴롭힘을 당하던 소년 시절 강해지고 싶다는 계기로 가

라테 도장 문을 두드린 후로부터 25년이라는 세월이 흘렀다. 때마침 종합 격투기가 흥한 시기와 맞물렸고, 그 시기를 강해지고 싶다는 마음으로 살아왔다. 내가 얼마나 강한지 늘 너무나 알고 싶었다.

"조셉, 전에도 말했지만 난 동문 대결은 안 된다고 생각해. 누군가의 경력에 먹칠을 할 수도 있고, 시합이 끝나면 모든 걸 경기장에 두고 나와야 한다는, 즉 앙금을 남기지 않는다는 정신을 지키지 못하는 사람이 나오기 마련이니까."

반박하려는 조셉을 손으로 제지하고 계속 말했다.

"하지만 이건 공식 시합이 아니고 이 자리에는 우리 둘밖에 없어. 그러니까 체육관 사람들의 눈을 신경 쓸 필요가 없어. 문제는 딱 하나야. 지금부터 3시간 뒤에 다음 하루가 찾아와 모든 부상이 원상태로 돌아왔을 때 묵은 감정을 품지 않겠다고 맹세할 수 있어?"

조셉은 기뻐하며 고개를 끄덕였다.

"응, 신에게 맹세할게."

"좋아! 25분 뒤에 시작하자. 쇠붙이, 눈 찌르기, 물기 외에는 다 가능하다."

15분 동안 스트레칭과 준비 운동, 그리고 미지의 룰에 관한 이미지 트레이닝을 하고 케이지 한가운데에 섰다. 맞은편의 조섭과 눈이 마주쳤다. 이 공간에는 우리 둘뿐이다. 당연히 심판도 없다. 하지만 심판과 관객이 있다고 하더라도 케이지가 있는 공간에서는 결국 두 사람밖에 존재하지 않는다. 힘을 합쳐 싸우는 세컨드(코치나 트레이너 등 선수 보조자)조차 입회할 수 없는 두 파이터만의 영역이다.

서로 떨어져 미리 맞춰 놓은 시계가 버저를 울리기를 기다린다. 5분씩 3라운드, 쉬는 시간 1분으로 설정했다. 사실이 시합이 2라운드 이상 진행되리라고는 생각하지 않는다. 아마 상대도 그렇게 생각하고 있을 것이다.

버저가 울렸다. 나도 상대도 케이지 중앙으로 다가와 신중히 거리를 잰다. 태클이 가능한 거리였기 때문이다. 이 룰에서는 테이크 다운에 성공해 상대를 제압했을 때의 장점도, 실패해 태클을 당하는 자세가 되는 단점도 평소보다 커진다. 상대는 위험하지만 성공하면 크게 유리해지는 공격 대신 날카로운 잽을 날렸다. 예상했던 대로다. 이 룰에서도 왼쪽으로 거리를 제압하는 중요성이 크다. 수없이 연습한 사우스포(왼손잡이선수라는 뜻으로 변칙적인 자세를 의미함) 스타일로 바꿔 나도 라이트 잽을 날린다. 가볍게 상대의 얼굴에 맞는다. 원래는 맨주먹으로 사람의 얼굴을 때린 감촉에 흠칫해야 할 테지만 승부의 긴장감이 위축될 시간조차 허락하지 않았다.

상대는 테이크 다운을 경계해 킥의 종류를 제한할 것이다. 가장 경계해야 하는 기술은 장신을 활용한 길고 높은 스트레이트와 일격에 정신을 잃을 수 있는 하이 킥이다. 그기술을 막으려 접근전을 펼치면 엘보 블로(팔꿈치 치기) 혹은 내가 아직 경험하지 못한 박치기가 기다리고 있을지 모른다.

테이크 다운을 노릴 틈이 보일 때까지 철저하게 기다리는 게 안전하다. 그러나 조셉은 자기가 얼마나 강한지 알고 싶다고 했고 나도 같은 생각이라 주먹을 나누고 있다. 상대의 실수를 기다리는 싸움 방식으로는 핵심을 알 수 없다. 먼저 공격해 상대에게 숨 쉴 틈을 주지 않고 쓰러뜨린다. 그게 웰터급 챔피언 '브레스리스'의 백미다.

왼쪽 미들을 찬다. 상대는 물러서며 막는다. 나는 찬 발을 그대로 앞으로 내려 사우스포에서 기본자세로 돌아오자마자 오른발로 로 킥을 날리는 척하다가 스트레이트를 날린다. 이 슈퍼맨 펀치를 받은 상대는 한 걸음 후퇴한다. 전진해 왼 팔꿈치를 뻗었으나 거리가 조금 멀었다. 거꾸로 상대가 뻗은 팔꿈치가 내 얼굴을 스친다. 슬리핑 어웨이(얼굴이나 상체를 옆으로 이동해 상대의 펀치를 피하는 방어 기술)로 피하지 않았다면 코가 부러졌을 것이다.

상대가 갑자기 얼굴을 젖혔다. 이렇게 가까운 거리에서 상체를 젖힌다는 건 곧 박치기를 하겠다는 건가? 고개를 숙여 엉겨 붙으려 했다. 태클을 걸기에 거리가 너무 가까웠으나 상체를 젖힌 상대일 경우 달려들어 붙기만 하면 테이크다운이 어렵지 않다. 그때 명치에 둔중한 충격이 찾아왔다. 정강이 차기다. 가까운 거리 탓에 상대의 하반신에 제대로 주의를 기울이지 못했다. 너무 박치기만 의식한 탓이다.

하지만 여기서 움직임을 멈추면 안 된다. 그대로 상대에게 접근했다. 이미 움직임을 예상한 상대는 쉽게 쓰러지지 않는다. 평소라면 레슬링 공방을 벌이며 테이크 다운을 하려고 끈질기게 덤벼야 하겠으나 바로 상대를 뿌리치고 거리를 뒀다. 상대의 가슴 언저리에 머리를 대고 미는 지금 자세에서는 상대가 내 후두부를 팔꿈치로 가격할 수 있다. 태클을 당해도 역시 상대에게 후두부가 드러나므로 후두부를 공격당할 가능성이 크다. 모든 격투기에서 공격을 금지하는 후두부를 팔꿈치로 위에서 가격하면 심각한 손상을 입는다.

마주 본 순간을 놓치지 않고 상대의 하이 킥이 날아온다. 간신히 막았는데 상체가 약간 들렸는지 카운터 태클로 갈 수 없다. 상대는 두려워하지 않고 자신 있게 강한 발차기로 응수한다. 여기서 겁을 먹으면 제압당한다.

태클하는 척하자 무릎 차기로 응수한다. 지금 공격이 페인트가 아니었다면 상당한 충격을 받았을 것이다. 과감함과 기막힌 타이밍에 감탄했다. 하지만 가드가 살짝 내려온 순간을 놓치지 않았다. 재빨리 달려들어 빠른 라이트 스트레이트를 먹이고 인 로 킥으로 자세를 무너뜨린다. 그리고 바로 태클. 균형이 무너진 상대의 양발이 매트에서 완전히 떴다.

테이크 다운에는 성공했으나 쉽게 마운트(상대의 상체를 눌러 움직임을 제한하는 자세로 배 위에 올라타면 풀 마운트, 측면에서 몸통으로 상대의 상체를 제압하면 사이드 마운트라고 함)나 아웃사이드(접근전에서 상대가 안쪽으로 들어왔을 때의 바깥쪽 위치로 불리한 자세가 되기 쉬움) 포지션을 잡지 못했다. 한쪽 다리가 잡힌 상태의 하프 가드 포지션. 하지만 이걸로 충분히 강력한 타격이 가능하다. 특히 지금 룰이라면.

머리를 뒤로 휘둘렀다. 상대는 박치기를 막으려고 두 팔로 단단히 막는다. 하지만 그게 바로 내가 노린 바다. 그 앞팔을 향해 팔꿈치를 내리꽂는다. 팔을 굽혀 날카로워진 팔꿈치를 찍어 내리는 건 원래 반칙 행위인데 특별 룰에서는 허락된다. 아무리 막아 내도 단련된 근육질 팔의 딱딱한 팔꿈치로 여러 번 가격당하면 견뎌 낼 재간이 없다. 익숙지 않은 '팔꿈치 내리꽂기와 찌르기'에 중간중간 단조로워지지 않도록 일반적인 '팔꿈치 휘두르기와 베기'를 섞어서 가드를 파고든다. 팔과 머리로 쉴 새 없이 쏟아지는 펀치에 타격을 받은 상대가 피로한 기색을 드러내자 나도 한숨 돌린다. 일부러 틈을 보이는 것이다. 그러자 상대는 공격을 막기 위해 내 손목과 팔을 잡았다. 예상대로다. 각오를 다지고 완전히 노출된 상대 얼굴에 야만적이고 무자비한 일격인 박치기를 날린다. 이마에 부드러운 콧등과 딱딱한 앞니가 닿는 불쾌한 감촉을 느낀다. 그제야 비로소 처음 시도한 박치기의 위력을 실감한다.

억눌린 목소리가 설핏 들려왔을 때 젖힌 머리를 다시 날리려다가 잠시 주저했다. 하지만 여기서 적당히 끝내는 건 조셉의 각오에 대한 모독이다. 두 번, 세 번 재차 박치기를 날렸다. 단 세 번으로 새로운 공격법의 효과를 뼈저리게 실감했다. 머리는 주먹보다 훨씬 단단하고 무거운 둔기다. 그리고 인간의 얼굴은 둔기를 견딜 수 있게 만들어져 있지 않다. 아마 코가 부러졌을 것이다. 내 손목을 잡고 있던 조셉의 손에서 남은 힘이 빠졌다. 승부는 끝났다.

일어나 조금 떨어진 곳에 앉았다. 조셉은 패배를 깨끗이 인정하는 듯 상체를 일으키고 고개를 숙인 채 코피가 흐르도록 내버려뒀다.

"아무래도…… 영 마음에 들지 않네."

내가 중얼거리자 그도 눈을 내리깐 채 한마디 흘렸다.

"……그럴 줄 알았어."

시합 당일 조셉이 뉴욕까지 바래다주었다. 평소 소형 승용차를 타는 그는 내 콜벳을 운전하고 싶어 했다. 브라운 사장이 4시간 반이 걸렸으니 자기는 4시간 만에 가겠다고 큰소리를 쳤으나 6, 7시간을 들여 정상적인 속도로 가 달라고 부탁했다. 사고가 나면 스페셜 매치를 다음 날로 옮기면 그만이다. 하지만 익숙지 않은 타인의 차를 무섭게 모는 젊은 이 옆에서 편안하게 있을 인간은 얼마 되지 않을 것이다.

경기장에 도착하니 다음 시합까지 시간이 남았는데도 객석은 이미 반 이상 차 있었다. 관람료가 무료이고 여유 시간이 남아돈다고 해도 생방송으로 방영되는데 굳이 경기장까지 직접 와 주는 팬들은 고마운 존재다.

시합이 결정된 뒤로 SNS에 수많은 팬들의 메시지가 날아들었다. 그중 가장 인상적인 메시지가 떠올랐다.

나와 마찬가지로 옛날에 괴롭힘을 당했다는 청년의 메시지에는 과거에 내가 발간한 책의 내용이 적혀 있었다.

「자신을 괴롭힌 사람에게 되갚아 주고 싶다면 올바르고 좋은 사람이 되어라. 강하고 따뜻한 좋은 사람이 되어라. 폭력으로 되갚아서는 안 된다. 너로 인해 내 존엄성이 상처를 입었음에도 나는 나를 자랑스러워하는 사람이 되었음을 보여 줘라.」

그는 이 글에 위로 받아 괴롭힘을 당한 마음의 상처를 극복하고 교사의 길을 걷고 있으며 지금의 내 도전에도 용기를 얻었다고 적었다. 발신지는 일본이었다. 「마이센 '조커'」라는 계정명으로 보아 독일어 교사일 것 같다.

한발 먼저 도착한 세컨드 팀원—이들도 다 스피드광이었나?—과도 오랜만에 만났다. 그 가운데는 특별 룰을 스스로 경험한 선수도 있었으므로 이보다 든든한 아군은 없을 것이다.

그래도 쉴 새 없는 불안에 시달렸다. 특별 룰, 헤비급의 파워, 왕년의 전설적인 챔피언, 그리고 사고로 잃어버린 것. 경험해 보지 못한 것들이 나를 기다리고 있다. 하지만 공포에 밀리면 승리에서 멀어질 뿐이다.

부정적인 감정만 치솟는 건 아니었다. 흥분이라는 감정이 온몸을 내달리고 있다. 도망치고 싶은 마음이 전혀 없는 건 아니지만 그보다 더 나는 시합을 기다리고 있었다.

준비 운동을 하는 동안 한 주제가 이미지 트레이닝을 방해해 집중력을 흐트러뜨렸다. 격투기 선수라면 누구나 생각하되 고민해선 안 되는 주제. 파고들어 봤자 득 볼 게 하나도 없는 문제.

체급의 틀을 지웠을 때 전성기의 자신은 세계에서 몇 번째로 강했을까.

전미 최고의 종합 격투기 흥행에서 왕좌에 군림해 온 사실은 격투기 선수로서 그 체급에서 최고임을 증명한 것이라 할 수 있다. 하지만 웰터급은 전날 체중 측정에서 170파운드 이하여야 한다. 205파운드 이상인 헤비급의 거구들, 특히 그들 가운데 최정상 선수는 이길 수 없다.

내 체격으로 세계에서 가장 강한 남자는 될 수 없는 것이다.

평소 몸무게가 100킬로그램을 넘는 체구 외에는 거의 예외 없이 무릎을 꿇어야 하는 비정한 현실.

생각하면 한도 끝도 없다. 헤비급과 라이트 헤비급 최정상 선수는 도저히 이길 수 없다는 사실은 안다. 하지만 10위 이하의 선수라면? 혹은 웰터급보다 하나 위인 미들급 최정상 선수라면?

어쩌면 체급이라는 요소를 제외하면 상위 50이나 100위 안에도 들지 못하는 게 아닐까.

이런 생각을 해 봤자 소용없다. 하물며 시합을 앞두고 있을 때는 더더욱.

게다가 격투기는 같은 체급끼리 시합한다는 룰 덕분에 기술로 승부를 보는 경기가 되었고 안전 문제도 개선되었다. 체급이 존재하지 않았다면 몸집이 작은 사람은 선수가 되기 어렵고 위험해서 경기 인구가 늘지 않았을 게 분명하다. 이는 경기 수준의 정체와 직결된다. 체급제가 있었기에 격투기는 스포츠로서 지금의 위치에 오를 수 있었다.

하지만 사람들은 체급이 다른 선수들을 재 보고 싶어 한다. 체급의 벽을 허물고 선수를 비교하는 시도라면, 만약 모든 선수의 체격이 똑같다면 누가 강할지를 묻는 PFP(Pound for Pound, P4P)라는 일종의 사고 실험이 예전부터 존재해 왔다. 이 PFP 순위에서도 1위를 차지한 적이 있으니 세계 최고의 격투기 선수임을 충분히 증명했다고 할 수 있다.

이안과 싸워 이기지 못하더라도 선전을 펼치면 새로운 증명이 되리라. 이는 격투기에 바친 내 인생에 대한 보상이 될 것이다.

장내 아나운서의 소개가 끝나고 입장곡이 흐른 것 외에는 요란한 연출을 배제한 가운데 평소처럼 도복과 머리띠 차림으로 케이지로 향했다. 아무래도 스태프가 부족한가 보다. 이렇게 초라한 입장은 과거의 지역 단체 시합 때 이후로 처음이다. 이 또한 초심으로 돌아가 싸워 보자는 마음으로 이해하면 나쁘지 않겠다.

도복을 벗고 케이지에 올랐다. 바닥의 감각을 확인하듯

제자리걸음을 하며 먼저 케이지에 들어가 있는 이안을 바라봤다. 단단한 몸이라고는 할 수 없으나 왕년의 숨은 폭발력이 상상될 만큼 몸이 두툼했다.

두 선수의 전적이 나열된다. 이완의 경기 경력은 충분히 경의를 표할 만하다. 하지만 나도 수없이 강적을 쓰러뜨렸으니 겁먹을 이유가 없다.

심판이 나와 이안을 가운데로 불러 최종적으로 룰을 확인했다. 고개를 숙이고 절대 눈을 마주치지 않으려는 사람을 마주했다면, 특히 그 사람이 케이지 안에서 맞이한 상대라면 그를 어떻게 생각해야 할까. 자신감 상실에서 온 공포심인가, 큰 무대에 섰다는 긴장감인가. 물론 그런 감정에 미혹되는 사람들도 있지만 얼음의 황제 이안에게 그런 약해 빠진 생각은 어울리지 않는다. 그는 시합이 시작될 때까지 상대와 눈을 마주치지 않는 걸로 유명하다. 그런데 마주 서 보고서야 알았다. 그는 자기 세계에 깊이 빠져 있다.

상대가 누구든 자신만의 격투 방식을 관철하겠다는 태도.

오늘 내가 관객과 동료 선수들에게 보여 주고 싶은 것도 바로 그거다.

조셉에게도 트레이너에게도 말하지 않았지만 이 시합에서 박치기나 후두부 공격은 사용하지 않을 것이다. 그래서 불리해진다 해도 상관없다. 관객과 동업자에게 깨달음을 주겠다는 의도는 아니다. 그저 내가 사랑하는 격투기를 지킬 것이다. 상대의 몸을 필요 이상으로 파괴하는 위험한 공격을 금지한 스포츠로서의 격투기를 해낼 것이다.

"뭐 하나 물어봐도 될까?"

심판의 룰 확인 절차 후 주먹을 맞대 인사하고 시합을 시작하는 단계에서 이안이 서툰 영어로 중얼거렸다.

"왼손이 없는 너를 여기 세운 게 뭐지?"

세계가 루프하기 전 사고를 당하고 재활까지 마쳤으나 복귀라는 결단에 반대하는 목소리가 컸다.

왼쪽 무릎의 십자 인대 파열은 시간이 흐르면 시합할 수 있을 만큼 회복될 거라고 했다. 그러나 손목부터 절단된 왼손은 돌아오지 않는다. 권투 선수로서도 성공할 수 있다고 평가 받은 레프트 잽, 종합 격투기에서 한 방이면 상대를 KO 시킬 수 있는 펀치인 레프트 훅, 클린치(상대방을 붙잡고 있는 상황 혹은 기술) 상태에서 상대를 때려 전략을 넓힐 수 있는 레프트 어퍼컷까지 왼 주먹에서 나오는 기술은 죄다 잃어버렸다. 방어 능력이 상당히 떨어졌고 그라운드(경기장 바닥에 누운 상태 혹은 그런 상태에서 벌어지는 테크닉)에서 상대를 잡지 못하는 등 불리함을 따지자면 이루 헤아릴 수 없다.

그리하여 잽이 아니라 발차기로서 상대방의 거리를 재는 식으로 격투 방식을 바꾸고 왼쪽 팔꿈치를 강화했다. 그러나 현역에 복귀해 챔피언으로서 초일류 선수들과 시합하는 건 너무나 위험했다. 주위에서 말리는 건 당연지사였다. 그래도…….

"아마도 당신이 지금 여기에 있는 이유와 같겠지."

천천히, 그러나 또렷하게 대답했다. 이안이 한 박자 늦게 미소를 지었다.

오늘 이곳에 와서 스스로 깨닫지 못했던 진심에 당황했다. 너무나 불경해 절대 입 밖에 낼 수 없는 진심.

시간의 루프가 아직 끝나지 않기를 바란다.

그 어떤 부상도, 심지어 죽음조차 하루면 치유되는 이 세상에서 시합을 좀 더 즐기고 싶다.

시합을 위해 더 연습하고 싶다. 피지컬이 강해질 수 없는 이 세상에서도 더 강해질 수 있는 방법이 있을 것이다. 왼손이 사라지고 나서 주관적인 시간으로 1년이나 연습을 하지 않았다. 한 손으로 싸울 수 있는 기술을 아직 더 연구할 수 있다. 조셉에게 부탁해서 박치기 같은 다른 기술도 더 연구하자. 할 수 있는 것과 하고 싶은 것이 너무나 많다.

― 열중하게 하는 뭔가가 언젠가 너를 엄청난 사람으로 만들 거야.

자서전에도 인용한 일본 유명 TV 애니메이션 주제가의 한 소절이다. 유소년기에 빠짐없이 봤던 그 애니메이션은 오로지 강함을 추구하는 남자들의 이야기였다.

드디어 깨달았다. 내일이 오는 세상이든 오늘이 이어지는 세상이든 매한가지다. 후회 없이 사는 게 중요하다. 후회하지 않으려면 열중해 있는 것에 온 힘을 다하면 된다.

생각해 보니 오랜만의 시합이라 너무 욕심을 부렸다. 헤비급에 도전하며 스스로가 사랑하는 격투기 형태의 체현이라니. 그리고 사라진 왼손을 기술로 보완할 수 있음을 증명하겠다니.

숨이 가빠 온다. 말 그대로 브레스리스구나. 그러나 그런 시간조차 행복임을 안다.

심판의 재촉으로 이안과 오른손 글러브를 맞댔다. 순간 불가사의한 일이 일어났다.

— 박치기도 급소 공격도 필요 없어. 우리만의 룰로 해 보지 않겠어?

분명히 그런 말을 들은 것 같았다. 하지만 그는 입을 열지 않았다. 눈이 그렇게 말했다. 이런 일은 처음이었다.

이 아수라장에서 격투기의 극한 경지에 오른 건가? 그보다 얼음의 황제 이안도 과격한 특별 룰이 횡행하는 현재의 격투기계를 걱정하는 동지인가? 진정한 달인은 말하지 않아도 대화를 할 수 있나? 아니면 모든 게 뇌 속의 마약이 일으키는 환각인가?

"어이, 왜 웃고 있어? 괜찮냐?"

세컨드가 쓴웃음을 흘리는 나를 보며 의아한 표정을 지었다.

"응, 그냥 무슨 일이 있어도 나만의 싸움을 해 보자는 생각이 들어서."

시합 시작을 알리는 버저가 울려 퍼졌다. 자, 오늘을 최고로 만들어 보자.

INNOCENT VOICES
이노센트 보이스

괜찮아. 나는 이 정도 일로 망가지지 않아.

이 세상이 쓰레기만은

아니란 걸 아니까.

어떤 악의에 눈길이 닿더라도

그게 세상 전부가 아니라는 걸

알고 있다면 해낼 수 있어.

저널리스트는 내 천직이다. 세상이 이렇게 되지 않았다면 생각도 안 했을 길이지만 이 세상이 쓰레기라는 사실을 보여 줄 수 있어서 상당히 통쾌하다. 특히 고상하고 새침한 얼굴로 우아하게 사는 사람들에게 피투성이 사건을 들려주어 얼굴을 찌푸리게 할 때가 최고다.

그들은 부유층이 사는 지역도 더 이상 안전하지 않다는 사실을 깨달을 때 가장 경악하고 열 받아 한다. 최근에는 많이 안정되었으나 세 명 중 한 명 정도가 루퍼가 되었을 무렵 특히 심각했다. 그들도 알았을 것이다. 자신들도 가면을 벗으면 못 배우고 야만적인 하층 계급이나 변두리 촌뜨기와 별반 다르지 않은 쓰레기라는 사실을.

무수한 별들이 가득한 밤하늘을 배경으로 파트너의 헬기

가 다가오는 게 보였다. 오늘도 서로의 합류 지점에 딱 맞게 도착한 듯하다.

귀가 먹먹해질 정도의 로터(전동기나 발전기의 회전하는 부분) 소리와 함께 내려온 헬기에 오르자마자 인사 대신 질문을 던졌다.

"오늘 뉴스는?"

"애석하게도 쓸 만한 게 없어. 못을 박은 방망이로 맞아 죽은 사람도, 타이어에 끼워져 화형당해 죽은 사람도 없어. 평화로운 하루가 될 것 같아."

"쇼킹한 화제가 없다고? 그럼 일단 방송국으로 가 줘."

이 나라의 하루는 밤의 장막에 둘러싸일 무렵 시작된다. 파트너에게는 군인이나 경찰 관계자로부터 그날 일어난 다양한 사건 정보가 모인다. 나는 그런 사건 가운데 대중의 이목을 끌 만한 걸 정리해서 현장으로 날아가 취재한다.

최근에는 세상이 조금 안정되어 범죄자들의 폭주가 두려워서 집에서도 편안히 잠들지 못하고 밤을 지새우는 사람이 줄었다고 한다. 하지만 일반 시민이 잠든 시간이야말로 내가 일할 시간이다. 이 나라에서는 캄캄한 밤에만 끔찍한 일이 일어난다는 보장은 없지만 루프로 야간 범죄율이 특히 높아졌다. 하루가 시작되면 일단 여자를 덮치거나 반쯤 재미로 사람을 죽이려는 맛이 간 녀석들이 쏟아져 나온다.

그런 쓰레기를 추적해 얼굴을 제대로 찍어서 공개하면 가장 좋고 시청자도 늘어나는데 그런 극적인 기회가 좀처럼 오지 않는다. 그래서 오늘도 나와 파트너는 이 조그만 시에서 가장 높은 4층짜리 TV 방송국 사옥으로 가서 오늘의 뉴스를 정리하는 지루한 일을 마무리해야 한다. 무엇보다 파트너는 이런 일을 도와줄 수 없다.

그 지루한 일을 최대한 미뤄 보려는 나와 내가 그 일을 하는 동안 지루한 시간을 보내는 게 싫은 파트너의 생각이 일치해 헬기는 한동안 밤거리를 날아다녔다. 그러나 기다리면 더 발생하지 않는 게 사건이다. 마침내 누가 먼저랄 것도 없이 암묵적인 동의 아래 포기하고 TV 방송국 앞 도로에 헬기를 착륙시켰다. 대담한 노상 주차이나 일반 차량더러 피해 다니라고 할 수밖에 없다.

방송국에는 아직도 의욕이 충만한 사람 몇몇이 일하고 있다. 인터넷 동영상 사이트로도 뉴스를 보도할 수 있으나 TV 방송은 지금도 국민의 이목을 집중시키는 강력한 매체다. 근처 신문사 직원도 이곳에 와서 뉴스가 될 기사 작성에 협력하고 인터넷에 올릴 사진과 동영상을 방송국에서 빌려 가기도 한다. 전자판 신문 기사를 쓰는 일은 여전히 의미가 있지만 신문을 종이로 발행할 의미는 사라진 세계에서 그들은 조금의 여유가 생겼다.

"어머! 오늘 밤은 수확이 없었어?"

헬렌이 노트북에서 고개를 들며 말했다. 자기 나라 영화가 지겨워진 그녀가 최근 즐기고 있는 놀리우드(나이지리아에서 제작된 영화) 영화가 모니터에 재생되는 걸로 보아 그녀 역시 오늘 밤에는 이렇다 할 뉴스거리가 없는 모양이다. 지금 세상에서는 억지로 일을 만들 필요가 없다. 뉴스가 생길 때까지 영화나 보는 일이 너무나 자연스럽다. 이곳에서 대기하는 것만으로도 그녀는 사명감 넘치는 기자다. 다른 기자들의 모습은 거의 찾아볼 수 없다. 오늘 밤은 큰 사건이 일어나지 않아 일찌감치 돌아간 모양이다.

"아하, 큰일이야. 이 나라도 완전히 평화로워졌어. TIA라 부르던 시절이 오히려 그리워."

말과는 달리 파트너는 별로 유감이 아니라는 듯 밝게 웃어넘겼다. TIA는 나와 파트너 사이에서 한때 유행했던 말이다. 디스 이즈 아프리카. 시에라리온이라는 나라의 비참한 현실에 '이게 바로 아프리카다'라는 말로 방관적인 자세를 고스란히 드러낸 할리우드 영화의 대사다. 헬렌이 보여 준 그 영화에 푹 빠진 나와 파트너는 가슴이 무너질 만큼 충격적인 사건을 만날 때마다 "TIA네."를 내뱉었다.

미국에서 파견된 주재원 헬렌은 내게 저널리스트의 기본을 알려 준 사람이다. 카메라 사용 방법부터 기사 작성 요령까지. 그녀 덕분에 이 일을 할 수 있었다.

"최근에는 조용한 밤이 늘었네. 평화로워진다는 건 좋은 일이지."

"하지만 주목 받지 못하면 우린 끝이야."

정기적으로 큰 뉴스를 터뜨리지 않으면 대중은 금세 우리를 잊어버린다. 그 부분이 늘 걱정이었다.

"그렇게 초조해하지 않아도 돼. 너는 이미 유명한 저널리스트야. 물론 나도 그 기사로 상당히 유명해지기는 했지만."

그리운 이야기다. 루프가 일어난 후 헬렌이 한 작업 중에서 가장 세계적인 주목을 받았던 뉴스.

．．．

　가난하고 작은 마을에서 태어난 소년은 어릴 때부터 총
명함을 발휘했다. 일단 말이 빨랐다. 부모님이 1부터 10까
지의 숫자를 알려 주면 마을을 돌아다니며 "이 마을에는
10이 세 개, 그리고 두 개의 집이 있어요."라며 마을의 조악
한 집과 가축우리의 합계가 서른두 개임을 맞추기도 했다.
불과 세 살 때 일이다. 비범한 재능을 보인 소년을 이 마을
에서 유일하게 읽고 쓸 줄 아는 촌장이 교육했다. 그는 마을
최고의 연장자이자 도시 학교에서 공부한 경험이 있는 사
람으로 자신이 가진 지식을 모두 전수해 주려 했다. 하지만
그것은 소년에게 너무나 좁은 세계였다. 촌장이 전해 주는
지식은 겨우 몇 년 만에 동이 나고 말았다. 소년은 이후 여
러 해 동안 더 큰 지식을 갈망하면서도 소를 돌보고 우물물
을 긷는 등 여느 마을 아이들처럼 일을 하느라 바빠서 오가
는 데만 해도 많은 시간이 걸리는 마을 밖 학교에 다닐 생
각은 꿈도 꾸지 못했다.

　바로 그때 루프 현상이 세상을 덮쳤다. 소년이 루퍼가 되
었을 무렵 마을의 반 정도 되는 성인 남자들이 루퍼가 되어

있었다.

"어제 습격에 나갔던 어른들이 아침에 돌아와 다투기 시작했어요. 이상했어요. 오늘이 반복되니까 싸워 봤자 소용없다고 호통을 쳤어요."

"그게 네 1주기 날이었어?"

소년은 자신에게 카메라를 대고 있는 헬렌을 지그시 바라봤다. 변경에 사는 소년에게 하얀 피부의 인간은 그만큼 신기한 존재였다.

"밤이 되고 나서 촌장님 집에 가서 어른들이 무슨 일로 싸우는 거냐고 물어봤어요. 그랬더니 '악몽을 꾸는 주술에 걸린 거란다.'라고 하셨어요. 그때 그게 일어났어요."

"처음 루프한 순간이네."

"분명히 촌장님 집에 있었는데 순식간에 제 앞에 집이 나타나고 부모님과 여동생이 있었어요. 아아, 이게 어른들이 말하는 '반복'인가 싶었죠."

"잠깐만! 바로 그 상황이 루프임을 알았다고?"

"어른들이 '어젯밤부터 오늘 밤을 반복하고 있어.'라고 했으니까요."

"바로 그 상황을 받아들였어?"

"글쎄요…… 일단 어른들이 아침에 돌아와 똑같은 말다툼을 하기에 '틀림없이 오늘이 반복되고 있구나.' 싶었고 반복하는 무리에 가세해야겠다고 생각했어요 그리고 하루가 반복되면 소를 죽여 구워 먹어도 다음 날 다시 생기지 않을까 생각하니 가슴이 뛰었어요."

"적응이 빠르네. ……그런데 몇 살이야?"

"정확히는 모르는데 제가 세어 본 바로는 계절이 열한 번 돌았으니까 열셋이나 열넷일 거예요."

다음 날 아침 어른 일행이 돌아와 말다툼을 벌이자 소년이 증언했다. 소년의 총명함은 다른 마을 사람들도 인정하고 있었으므로 루퍼가 아닌 마을 사람들도 심상치 않은 일이 일어나고 있음을 알아차렸다.

이유는 모르지만 같은 날에 갇힌 게 분명하다. 마을 사람들이 이 같은 결론에 도달했을 무렵 또 하나의 사실이 제기되었다. 병에 전염되듯 하루의 반복을 인식하는 사람이 점점 늘어나는 듯하다는 것이다.

"마을의 첫 루퍼는 처음에 악몽을 꿨다고 생각해서 매일같이 습격을 했어요."

하지만 자신을 속이는 행동은 오래 이어지지 못했다. 그토록 생생한 악몽을 계속 꿀 수 있는 사람은 없다.

"게다가 습격당하는 상대의 상태도 이상했죠."

습격을 반복하다가 뛰어나와 응전하는 사람 가운데 기묘할 정도로 죽음을 두려워하지 않는 전사가 있음을 깨달았다.

"다툼을 벌이는 마을에도 루퍼가 있었어요. 어쩌면 그쪽이 먼저 루퍼가 되어 우리를 전염시켰을지도 몰라요."

소년의 마을에 사는 남자들은 강도떼나 반정부 게릴라도 아니면서 왜 다른 마을을 습격했을까. 그것은 물터를 둘러싼 싸움이 원인이었다.

소년의 나라에서는 불과 몇 개의 마을만이 도시라고 불릴 만큼 번영했고 나머지 광대한 토지는 사람이 살지 않는 황야이거나 숲, 혹은 조그만 촌락이 흩어져 있는 가난한 시골이었다. 소년의 마을은 그런 시골 가운데서도 특히 가난한 부류에 속했다.

오늘날에는 개발 도상국의 시골 사람들도 휴대 전화 한 대쯤은 가지고 있다. 그러나 같은 지방이나 시골이라도 차이가 있는 법이다. 소년이 사는 마을은 지리적으로는 도시와 가까웠을지언정 가장 가까운 전파 기지국 권역 밖이고 도시에서 파는 휴대 전화는 마을 사람들이 사기에 너무 비싼 장난감이었다.

세계의 정보망으로부터 소외된 이 마을은 물리적으로도 외부와 큰 거리를 두게 되었다. 우선 그곳에는 차가 없었다. 마을에서 재산이라 부를 만한 건 공동으로 키우는 소가 유일한데 그걸 팔아도 고물 중고차 한 대밖에 살 수 없었다.

언제부터인가 마을의 우물이 말라 버려 물을 얻으려면 몇 킬로미터 떨어진 물터까지 가야 했다. 걸어서 왕복하기에 힘든 거리였으나 그것이 일상이 된 마을 사람들은 매일 담담하게 물을 길으러 나섰다. 소년은 길을 걸으면서 내심 '물을 좀 더 효율적으로 얻을 수 있는 방법은 없을까?'라고 생각하기도 했으나 입 밖으로 꺼내 주위 사람들을 심란하게 만들지 않았다.

하지만 이 시기에 같은 물터를 이용하던 다른 마을이 차를 한 대 사면서 문제가 발생하기 시작했다.

어느 날 소년이 평소처럼 물을 길으러 갔는데 언제 멈춰도 이상할 게 없으리만치 낡은 픽업트럭이 물을 잔뜩 담은 용기를 싣고 지나갔다.

"아무래도 걸어서 운반하는 것보다 많은 양의 물을 길어

올릴 수 있으니까 이대로 가면 계절이 바뀌기 전에 우물이 다 말라 버릴 것 같아 걱정됐어요."

소년의 걱정을 듣고 마을 남자들은 그 마을과 대화를 하러 갔다. 하지만 상대는 길어 오는 물의 양을 줄일 생각이 없다며 버텼다.

계절이 바뀌면 다른 더 큰 물터를 이용했다. 그런데 차를 가진 마을이 물을 펑펑 써 대면서 과거보다 더 빠르게 우물의 수량이 줄어들었다.

세 번이나 대화를 했으나 전혀 말을 들을 생각이 없는 다른 마을 사람들의 태도에 화가 난 그 마을 남자들은 실력 행사에 나섰다. 물터에서 대량의 물을 실어 나르는 악의 근원인 차를 파괴하기로 작정한 것이다.

"한밤중에 그쪽 마을의 차를 때려 부수다가 들켜서 도망쳤어요. 이후 복수에 복수가 이어지는 과정에서 우리 마을 사람 하나가 죽고……. 그때부터는 완전히 적대 관계로 돌아섰죠. 근데 실은 다른 마을과의 갈등이 그리 드문 일은 아니에요."

며칠 뒤 남자들은 죽은 동료를 기리는 동시에 차를 파괴할 목적으로 마을에 딱 한 자루밖에 없는 자동 소총과 무기가 될 만한 날붙이를 들고 상대 마을을 습격하러 갔다.

새벽 전에 살육이 벌어질 그날이 하염없이 되풀이되리라는 사실은 까맣게 몰랐다.

"그러다 루퍼가 된 사람이 양쪽 마을에 생겼어요. 결국은 합의의 장을 마련해 더 이상 서로를 죽이지 말자는 결론을 내렸죠. 하지만……."

일단 안심한 마을 사람들과 달리 소년은 그 앞을 내다봤다.

"이 루프가 언젠가 갑자기 끝나면…… 하는 생각이 들었어요. 틀림없이 어른들은 또 서로 죽이기 시작할 테고 언젠가는 저도 그 싸움에 휘말리겠죠. 우물 말고도 싸움의 불씨는 있으니까 다른 마을과 또 싸움이 일어날지 모르고요. 끊임이 없는 거죠. 루프가 없어져도 매일 똑같은 짓을 되풀이하는 걸 막고 싶었어요."

자신이 태어난 마을, 적대시하는 마을, 자신에게 놓인 세계를 어떻게 하면 바꿀 수 있을까. 소년에게는 그 수단을 모색하는 데 필요한 지식이 압도적으로 부족했다.

그러나 촌장은 전해 줄 지식이 바닥났고, 이 마을에는 인터넷에 접속해 전 세계에서 정보를 입수할 휴대 전화가 없다.

지식을 원한다면 정보가 모여 있는 곳에 직접 가야 한다.

"오늘부터 매일 시내에 갈 거야. 밤새 걸으면 갈 수 있어."

부모님에게 그렇게 알리고 소년은 하루가 시작됨과 동시에 캄캄한 황야를 걷기 시작했다. 시내에는 이 나라에 몇 개없는 도서관이 있었다. 최소한의 읽기, 쓰기는 촌장에게 배웠으므로 책을 읽을 수 있는 곳까지만 가면 스스로 공부할 수 있다.

마을에는 차뿐만 아니라 자전거나 오토바이 같은 것도 없었다. 이동 수단은 오직 두 다리뿐이었다. 소년은 날이 돌아올 때마다 하늘에 가득한 별빛이 비추는 길을 수십 킬로미터씩 걸었다.

• • •

아침이 되어도 시청자의 눈길을 끌 만한 뉴스거리는 들어오지 않았다. 시내에서 살인 한두 건, 자잘한 사건 열 건정도가 발생했는데 단순한 살인 사건에는 아무도 관심을 두지 않는다.

가끔은 충격적인 화제가 아니어도 좋을 듯해 우리는 교외에 있는 '국경 없는 의사회'의 진료소를 찾았다. 전부터 여러 번 이곳에 취재하러 오고 싶었다.

"여기 오는 환자는 범죄 피해자가 많나?"

핸디 캠 비디오카메라를 들고 질문했다. 어깨에 메는 멋진 카메라는 필요 없다. 나중에 영상을 방송국 사람과 살펴보고 편집해서 방송할지, 동영상 사이트에 올릴지, 인터넷 기사로 올릴지 결정한다.

"50주기 전까지는 그랬다가 최근에는 약물 과다 복용과 교통사고 등으로 실려 오는 환자가 더 많아졌어."

미국에서 왔다는 30대 의사가 대답했다. 그는 시내 외곽의 민가를 개조한 진료소를 운영하고 있었다.

"범죄 건수는 상당히 준 것 같아. 우리 일은 힘들어졌지만."

"하루가 끝나면 부상이건 뭐건 다 원상 복구되는데 의사가 있을 필요가 있나?"

파트너가 소박한 질문을 던졌다. 그의 무미건조한 태도는 상대에게 자칫 불쾌감을 줄 수 있는데 질문 자체가 대다수 시청자의 의문을 대변하는 거라 그냥 놔두기로 했다.

"그렇지. 어떤 상처든 사라질 테니까 진통제만 처방하면 다른 치료는 필요 없다고 생각할 수도 있지. 하지만…… 내일도 루프가 계속되리라는 보장이 없으니까."

— 루프는 언젠가 끝난다. 이 사람도 그 희망을 놓지 않고 있구나.

"모두 오늘 밤이면 또 하루가 반복된다고 생각하며 살아. 하지만 만약 어느 날 갑자기 루프가 끝나고 내일이 오면 토사물로 기도가 막힌 사람이나 진통제만 놔 주고 밖으로 흘러나온 장기를 대충 배에 집어넣어 놓은 환자는 어떻게 될까? 가능성이 완전히 사라지지 않은 한 이 세상에서도 우리가 할 일에는 변함이 없어."

파트너가 감탄한 듯 고개를 끄덕였다. 내장이 흘러나온 부상자와 사체 같은 건 수없이 본 몸이라 그것을 방치한 내일이 온다는 가정이 피부에 와 닿았을 것이다.

"그렇군. 그러고 보니 얼마 전 당신네 나라의 유명한 격투기 선수가 뉴스에서 똑같은 말을 했어. 제럴드였나?"

"그 사람은 미국이 아니라 캐나다 선수야."

"미안하지만 우리에게는 미국이나 캐나다나 다 똑같아. 제럴드라는 사람 총에 맞았지?"

나는 미국과 캐나다를 확실히 구별하므로 같은 취급을 받는 게 싫었다. 그건 그렇고 그 격투기 선수는 상당히 유명한 모양이다. 그 사람이 총격을 당했다는 뉴스가 이 나라에도 들어왔을 정도다.

자세한 내용은 모르나 길거리에서 생면부지의 남자에게 총격을 당했다고 한다. 그런데도 격투기 챔피언답게 배에 총알이 박힌 채 반격해 범인을 쓰러뜨렸다고 한다.

"'마지막 숨을 끊어 줄까?'라고 물어봤는데 거절했다며?"

같이 있던 친구가 범인이 떨어뜨린 권총을 주웠고 행인들이 범인을 제압하는 데 성공했다. 격투기 선수의 상처는 깊었다. 진통과 처치가 잘된다는 보장이 없으니 권총으로 빨리 편안해지는 선택지를 준 것이다. 하지만 격투기 선수는 단호히 거절했다고 한다.

"나도 그 뉴스 봤어. 제럴드는 '오늘이 마지막일지도 모르잖아. 경주마처럼 안락사당했다가 오늘로 루프가 끝나면? 그대로 *죽어 버리는 거야.* 내일도 *내일이 온다는 보장은 없다고.*'라고 말했다며? 그 생각에 나도 동의해. 항상 오늘이 마지막 루프라고 생각하며 치료하지."

오늘이 반복되지 않는다는 전제로 살아간다. 세상이 변

했는데도 이 사람이 사는 방식은 바뀌지 않았다는 말인가.

"정말 대단한 사람이야. 한 손이 없는데 자기보다 훨씬 덩치가 큰 사람과 대결하다니. 누가 이겼어?"

그 시합에 대한 뉴스가 나온 지 수십 주기도 지나지 않았다. 시합의 자세한 내용은 몰라도 결과까지 잊어버리는 건 문제가 있지 않나.

"좀 봐줘. 치매는 아니야."

"의사로서 그 몸으로 경기하는 건 찬성할 수 없지만."

"의사 선생, 대단한 걸로 치면 당신도 그래."

인터뷰하는 사람은 나인데 수다스러운 파트너는 개의치 않고 취재 대상과 스스럼없이 대화를 나누고 있다. 하지만 취재 상대의 입이 가벼워진다는 점에서 그리 나쁘지 않다.

"미국에서도 의사는 공부를 엄청나게 해야 되잖아? 그렇게 고생하고 의사가 돼서 왜 이런 나라까지 왔어? 물론 여자들은 괜찮지만 백인 여자는 거의 없는데. 미국에 비하면 맛있는 음식도 훨씬 적을 테고. 1년 내내 물 부족에, 틈만 나면 정전인데. 부자 나라의 부자 의사 선생님이 나서서 좋다고 살 나라는 아니잖아?"

파트너는 이 의사의 선량함에 딱히 속내가 따로 있다고

생각하는 건 아니다. 그저 궁금한 점을 질문하고 있을 뿐이다.

의사도 무례한 질문에 기분이 상한 것 같지 않았다. 오히려 그런 질문에 익숙한 듯 보였다.

"1년 내내 물 부족에, 밥 먹듯이 정전되고 유럽이나 미국 의사들이 싫어할 환경이니까 누군가는 도우러 와야지."

"내가 아니라 다른 사람이 하면 좋겠다는 생각은 안 해?"

"내가 안 와도 사람이 충분하다면 맡겨도 되겠지. 하지만 안타깝게도 늘 일손이 부족해."

"아이고…… 대단하네. 내가 당신 입장이라면 당신네 나라 여자랑 놀면서 좋은 음식 먹고 실컷 술도 마시고 비싼 차 타고 돌아다닐 텐데. 어릴 때부터 애써 공부한 만큼 즐기면서 살아야지. 안 그렇다면 거짓말이지. 그런 데 취미 없나?"

"관심은 있어. 예쁜 여자랑 좋은 술. 5초에 시속 100킬로까지 가속되는 멋진 차. 정원 달린 커다란 집에 큰 개. 우아한 정찬. 하지만 그런 물질적인 풍요는 의외로 금방 질린다니까."

"질린다고! 술이랑 음식이랑 여자랑 집 빼고 인생에 뭐가 있는데?"

"그럼 당신들은 왜 굳이 여기까지 찾아와서 내 얘기를 듣고 있지? 자유롭게 놀러나 다니지 취재 같은 건 왜 해?"

"그야…… 나는, 맞아, 이 녀석이랑 날아다니면서 기삿거리 찾는 게 재밌어."

파트너가 나를 가리키며 말했다.

"부상자와 병자만 상대하는 일을 즐겁다고 할 순 없어……. 하지만 너희들이 매일 취재를 하는 이유와 다르지 않아. 우리는 사명감과 보람을 느끼고 있어. 누군가 내게 부여한 사명이 아니라 내가 선택한 사명."

"하지만 그 사명이 지겨워지면 어떻게 할 건데? 인생은 길고 지금은 더 길어질지도 모르잖아."

"맞아. 아무리 즐겁고 보람 있더라도 퇴색되고 지루해질 때가 있지."

미국에서 온 의사는 시선을 들었다. 벽 위쪽에 의사와 간호사가 환자들에 둘러싸인 사진이 방 구석구석을 장식하고 있었다. 사진에 관해서는 여전히 초보자라 구도 같은 게 잘 잡힌 건지 모른다. 하지만 사진 속 사람들은 모두 환하게 웃고 있었다.

"지금까지는, 사람 돕는 일이 지루하지 않아."

"상대가 화내지 않은 게 다행이네……. 그런 식으로 질문하면 안 돼."

헬렌은 취재 영상을 보자마자 제일 먼저 파트너에게 쓴소리를 해 댔다.

이 무질서한 세상에서 강건한 외모만으로 물리적인 위협이 될 법한 파트너가 가만히 설교를 듣는 건 헬렌의 배포가 강해서라기보다 파트너의 인품 덕분이다. 파트너 본인이 사소한 일에 화내는 일이 없는 대범한 인간이라 아무렇지 않게 악의 없는 지적을 던질 수 있는 것이다.

"다음에는 꼭 같이 밥 먹으면서 상대를 불쾌하게 만들지 않는 질문 방법을 배우고 싶네."

파트너는 종종 헬렌에게 추파를 던지는데 이런 달콤한 말에 익숙한지 헬렌은 아무렇지 않게 넘긴다.

"그래, 또 다음에 말이지. 이 영상…… 가능하면 TV 쪽에 내보내고 싶은데. 지금부터 편집해서 저녁때."

"이걸 방송할 만큼 시간이 비어? 내가 찍었지만 별거 없는데?"

동영상 사이트에 올리거나 기사로 올리는 것은 기사 수가 많아도 금방 묻히므로 최소한의 선별만 거치면 시간이 허락하는 한 얼마든지 가능하다. 하지만 TV는 다르다. 정해진 시간대에 국민의 안전과 관련된 정보를 우선적으로 방송해야 한다. 새로 일어난 범죄 같은 것 말이다. 흉악한 범죄자의 신원과 얼굴을 공개해서 위험인물의 정보를 공유해야 한다. 그리고 사람들이 잊을 때쯤 과거에 이러이러한 범죄를 저지른 흉악범이 있었다고 주의를 환기해야 할 인물의 재방송을 한다. 무엇보다 이 세계에서는 기록을 보존할 수 없으므로 기억이 풍화될 무렵에 환기해야 할 정보를 재방송하는 게 중요하다.

게다가 이런 위험 정보가 최우선순위라고 해도 이 밖에 국민이 알고 싶어 하는 뉴스는 얼마든지 있다. 그런 내용을 지속적으로 제공하지 않으면 TV를 안 보는 사람이 늘어날 것이다.

"시청률을 올릴 수 있는 가십이 우선순위일 텐데? 가수의 난교 파티 같은 거."

"뭐? 내 참…… 완전히 타락했다니까. 요즘 막 나가는 이 느낌은 뭐지? 가르친 선생으로서 슬플 뿐이다."

"아이고, 선생님, 막 나간 적은 없는데……."

"있잖아, 네가 찍어 온 영상은 별거 없는 게 아니야. 지금은 이런 뉴스가 필요해. 이렇게 선량한 인간이 있다고 전하는 건 의미가 커. 누구나 마음 깊은 곳에서 이 세상은 그리 나쁘지 않다, 라는 믿음을 갖고 싶을 거야. 틀림없어. 그때 그 취재에 대한 반응을 보고 실감했다고."

• • •

밤새 걸어 시내에 도착한 소년은 촌장의 이야기를 들으며 상상을 훨씬 초월하는, 한없이 이어져 있는 건물들이 서광을 받는 풍경을 보았다. 그러나 그 감동을 깡그리 지울 법한 혼란의 도가니가 기다리고 있었다.

시내에서는 날마다 늘어나는 루퍼가 매일 새로운 범죄를 일으켜 주민들을 떨게 했다. 입은 옷 그대로 길을 나선 소년이 그 도가니에 걸리지 않는다는 보장이 없는 무질서한 상태였다. 그럼에도 소년은 황폐한 광경에 눈길을 주지 않고 도서관으로 향했다. 도서관에 들어간 뒤에는 하루가 끝나 순식간에 집으로 돌아올 때까지 책을 읽고 공부를 했다.

"밤새 걸어 도서관에서 공부하고……. 꼬박 밤을 지새운 날을 54주기 동안 계속했을 때 목소리가 들렸어요."

온 세상이 혼란한 가운데 망설임 없이 도서관에 들어온 소년을 발견한 시민이 사정을 물었다. 마을을 위해 매일 먼 거리를 걸어 이곳까지 오는 소년에게 감동한 그는 차로 소년을 데리러 가겠다고 제안했다.

"시내에서 마을까지 길이 험해서 차로도 2시간이 걸려요. 근데 그 사람은 맨날 나를 데리러 왔어요. 도시의 부자들은 시골의 가난한 이들이 안중에 없다고 생각했었는데 아니었어요. 차를 타고 시내로 오게 된 37주기에 이 취재 의뢰를 받았어요."

마을을 바꾸려고 매일 도서관을 찾아 공부에 매진하는 소년과 그를 돕는 시민……. 헬렌은 이거야말로 세상에 당장 알려야 하는 뉴스라고 생각했다. 세상의 질서는 무너졌을지언정 사람들은 선의를 품고 서로 돕는다. 그 사실을 세상에 알려야만 했다.

헬렌의 취재는 뜨거운 반향을 불러일으켰다.

내가 태어난 마을을 구하고 싶다. 다른 마을과의 싸움을 끝내고 싶다. 빈곤에 허덕이는 주변의 세상을 바꾸고 싶다.

소년의 때 묻지 않은 목소리는 이 나라뿐만 아니라 다른 나라에도 닿아 루프의 혼란으로 어지러웠던 마음들을 움직였다.

교대로 소년을 데려다주자고 제안하는 사람들이 등장했다. 최종적으로는 네 명의 시민이 교대로 매일 밤 소년을 마을까지 데리러 갔다.

이후 한 군인이 가세해 도서관의 책과 밤에도 책을 볼 수 있는 조명을 헬기로 마을까지 가져다주었다. 책이 올 때까지 잠시 눈을 붙여 머리를 맑게 한 뒤, 별이 가득한 곳으로 나와 휴대용 조명 아래에서 공부하는 게 소년의 일과가 되었다.

군인은 때로 소년을 헬기에 태워 도시의 야경 속을 날아다니며 이 나라에 얼마나 많은 사람이 사는지 보여 주었고 인터넷과 접속할 수 있는 휴대용 단말기를 빌려주어 소년이 원하는 지식에 다가갈 수 있게 해 주었다.

소년은 급속히 세계를 알아 갔다.

· · ·

"맞아. 범죄에 관한 주의 환기가 더 중요할 수도 있지. 시청자들은 어떤 연예인이 누구랑 잤나 하는 가십을 더 보고 싶을 수도 있고. 하지만 나는 세상이 아무리 변해도 TV는 자신에게 주어진 사명을 다하는 사람의 이야기를 꼭 방영해야 한다고 믿어."

"어이, 형제! 나도 헬렌의 의견에 찬성해."

파트너까지 헬렌의 의견에 가세했다. 다른 속내가 있는 게 아닌 건 안다. 그런 쩨쩨한 남자가 아니다.

"그 의사 말이야. 대단한 사람 아니었어? 최근에는 TV를 켜면 쓰레기 같은 범죄자 얘기만 나오잖아. 가끔은 존경할 만한 사람 이야기를 듣고 싶다고."

취재한 내용이 TV에 방영되는 건 나도 바라는 바다. 다만 시청자가 원하는 게 뭔지 너무 많이 생각한 탓에 걱정이 앞섰다.

"알았어. 근데 편집을 좀 부탁해도 될까? 오후에 그 '전쟁터'에 가기로 약속해서."

"오케이. 나한테 맡겨."

방송국에 비축해 놓은 보존 식품을 적당히 먹어 치우고 헬기에 올라탔다. 세상 대부분의 사람들이 일을 그만둔 세상에서 우리처럼 바쁘게 일하는 사람도 드물 것이다.

"어이, 파트너, 안타깝지만 헬렌은 고향에 연인이 있대."

파트너의 의미 없는 구애 행동을 말리기 위해 슬슬 알려 줘야 할 때가 온 듯하다.

"정말?! 이봐, 그런 중요한 정보는 좀 일찍 공유해."

"가십은 일로 쫓아다니는 것만으로 충분할 듯해서."

"주변 여자 얘기는 가십이랑은 다르지. 젠장…… 근데 루 프하는 세상에서 남자 친구가 미국에 있다니 거리가 너무 먼 거 아닌가? 장거리 연애는 좀 어렵잖아."

"잘사는 집안의 조종사라는데 당장이라도 항공기를 낼 수 있지 않을까? 찾아보면 미국행이 있을 테고 순서만 기다 리면 탈 수 있는데 왜 한 번도 만나러 가지 않을까? 기자 일 이 맨날 있는 것도 아닌데."

"형제, 영 모르네. 만나러 가면 보고 싶은 마음을 멈추기 힘들어서 그런 거야. 그래서 매일 비행기를 타고 만나러 가 고 싶어도 기자 일을 계속하는 거지."

"그런가?"

"아, 너도 곧 알게 돼."

"여자 마음은 통 모르겠다."

예정대로 오후에는 정기적으로 추적 취재를 하고 있다. '전쟁터'에 도착했다.

"어? 오늘은 다시 축구네."

헬기가 마을에 가까워지면서 눈 아래에 있는 여러 사람의 그림자가 뭘 하는지 드디어 보였다.

공은 다른 마을 남자들이 밤중에 조달해 온다. 편도로 나름 거리가 있으나 어차피 밤은 길고 시내에 가면 다른 재밋거리도 있다. 낮에 돌아올 무렵에는 준비가 되어 있고 소를 방목하는 넓은 공터는 운동장으로 바뀐다.

"생각해 낸 스포츠가 한바탕 다 돌았나 보네."

우리는 이미 여러 번 이곳에 추가 취재를 하러 왔는데 같은 스포츠로 승패를 다투는 일은 처음 본다.

"아무도 해 보지 않은 스포츠로 용케 승패를 겨뤄 왔어. 그냥 대표자들의 일대일 주먹다짐으로 정하면……. 아니, 그러면 이전과 마찬가지인가?"

"지금은 두 쪽 다 필사적으로 이길 생각도 없지 않을까?"

이쪽과 저쪽 마을의 남자들이 시합을 벌인다. 언제 끝날지 모를 승부의 승리에 전처럼 집착하는 일은 없는 듯 보였다. 두 팀 모두 선수 가운데 아이도 섞여 있다.

예전에는 이것이 서로에 대한 살육전이었다.

물터를 둘러싼 갈등으로 사망자가 나오고 복수를 위해 마을을 습격하러 간 게 벌써 몇 주기 전 일이었나.

두 진영에 루퍼가 여럿 나타난 뒤로도 협의의 장이 마련되기까지 몇 번 더 전투가 벌어졌다. 상대 마을의 루퍼는 반복에서 벗어날 방법을 찾아 의식 비슷한 행위를 여러 번 시도했다고 한다. 그 시도의 하나로 전투에 승리해 상대 마을의 습격자를 모조리 죽이려 한 적도 있다. 습격한 마을이 전투 결과로 상대 마을의 남자들을 절멸시키기도 했다.

협의에 따라 전투가 중지되고 100주기 가까이 지났을 무렵 마을의 천재 소년이 제안했다. 실제 TV 보도를 보지 못했어도 미디어에서 다루어진 영향 덕에 소년의 이야기를 소문으로 들은 바 있는 상대 마을은 소년의 말에 귀를 기울였다.

"하루씩 다른 승부를 펼쳐서 루프가 끝났을 때 승리한 쪽이 물터의 권리를 가지면 어떨까요?"

"일가친척이 살해됐는데 지금은 친해져서 같이 어울려 놀고 있다니 대단해."

파트너는 감탄했다. 축구 경기는 서로가 피곤해서 나가 떨어질 때까지 계속되었다. 그러나 이권 다툼을 놓고 벌이는 필사적인 분위기는 전혀 없었고, 상대를 기어이 이기고 말겠다는 증오도 존재하지 않는 듯 보였다.

"아무래도 도시의 문명인들과는 생사관이 다르지."

시골은 도시와 달리 병이나 부상으로 별안간 사람이 죽고 때로는 야생 동물에게 당해서 죽기도 한다. 죽음이란 게 문명사회보다 훨씬 가까이 있는 것이다. 돌발적으로 발생한 사망자를 두고 원한을 품는 일은 여전히 없을 테지만, 그렇다고 싸움이 완전히 끝났냐고 하면 그것도 아니다.

해가 떨어지는 가운데 두 진영의 남자들은 담배를 피우면서 편안하게 앉아 있다. 한 사람이 숲에 휘발유를 붓고 불을 지른다. 특대형 모닥불 앞에서 아이들이 소리 높여 노래를 시작한다. 어른들은 그 모습을 바라보며 드문드문 대화를 나눈다. 이야기 내용을 듣고 싶어 뒤에서 살금살금 다가갔다.

"차를 빌려줄 테니까 다음 경기는 경주로 할까? 같은 코스를 빨리 달리는 쪽이 이기는 거야."

"그건 너희들이 너무 유리하잖아."

"그렇다면 다른 재미있는 승부를 생각해 내라고."

"멀리서 소를 저격해서 많이 잡는 쪽이 이기는 건 어때?"

"너희 마을 꼬마가 폭력 행위는 금지라고 했잖아?"

"소는 괜찮지 않을까?"

아니, 괜찮지 않다. 괜히 소를 죽였다가 오늘로 루프가 끝나면 어쩔 셈인가. 마을에는 다른 재산도 없는데.

"그보다 지금은 우리가 이기고 있어."

"바로 역전할걸."

"오늘로 루프가 끝나면 약속한 대로 서쪽 물터는 우리 거다."

"알았어."

"차로 나를 수 있을 만큼만 물을 쓸게. 불평은 하지 말고."

다음 주기가 돌아오면 물이 다시 차오르는 세계에 익숙해진 그들에게 물을 절약해 다른 마을과 사이좋게 나눠 쓰는 일은 기대할 수 없다.

매일 이어지는 승부는 그런 상황을 예상하고 제안하는 것이다. 이를테면 명목상 물터를 놓고 벌어지는 싸움이나 매일 경기를 하다 보면 루프가 끝난 후에 물을 나눠 쓰자는 우정이 생길지 모른다고.

하지만 저쪽 마을에 양보 정신은 생기지 않은 듯하다. 이쪽 마을이 이겼을 때 상대에게 인심 좋게 물을 나눠 줄 마음이 있는가 하면 그 또한 미덥지 않다.

"그러면 우리 마을은 이주할 수밖에 없겠네."

그편도 현실이 되지는 못할 것이다. 이곳을 떠나 유랑민이 되어 어디로 가겠다는 말인가. 가난하고 척박한, 물 하나 얻으려 해도 몇 킬로미터를 걸어야 하는 이 땅도 그나마 다른 데보다 나아서 정착한 것이다.

그런 사정을 다 알고 있기에 속으로는 서로를 의심하고 있다. 진 쪽이 약속을 어기고 다시 전쟁을 시작할 가능성을.

"아…… 루프가 끝나면 우리는 또 서로를 죽이게 될까?"

불꽃을 바라보는 사람들 속에서 누가 먼저랄 것도 없이 핵심을 찌른 혼잣말이 흘러나왔다. 그 혼잣말에 대한 대답은 침묵뿐이었다.

이 나라에서는 지루함이 이틀을 넘기지 않는다. 조금쯤 평화로워졌다고 해도 결국은 이 모양이다. 그야말로 TIA다.

"말도 안 돼! 저거 현행범이잖아? 사건이 우리를 불렀네."

핸들을 쥔 파트너가 어이없다는 듯 말했다. 헤드라이트

가 비추는 앞쪽에 남자 네 명이 각각 한 여자의 손발을 나눠 들고 사냥터에서 잡은 사냥감이라도 되는 양 픽업트럭 짐칸에 실으려 하고 있다.

차로 슬슬 돌아다녔을 뿐인데 이런 광경을 목격할 정도로 이 주변 치안은 정말 엉망이다.

"파트너, 어쩌지?"

카메라는 이미 현장을 향해 있다. 남자 둘이 여자를 태운 짐칸에 올라타고, 다른 둘이 앞으로 가서 차를 출발시켰다. 내게 던져진 "어쩌지?"라는 말의 뜻은 따라가냐는 뜻이 아니다. 어차피 죽어도 다음 주기에 살아 돌아온다. 발포 가능성이 있는 상대와의 자동차 추격전을 피할 이유는 없다.

"나는…… 가능하면 돕고 싶어."

추적만 해도 시청자들의 관심을 끌 것이다. 놈들이 어디가서 나쁜 짓을 하는지 알아내고도 싶다. 이 기회에 부녀자 집단 폭행을 시도하는 놈들의 신원을 특정할 수 있을지 모른다. 하지만 짐칸에 남자 둘과 납치된 여자가 함께 타고 있다. 떠돌이 개보다 못한 지능과 윤리관을 지닌 놈들이라면 추격을 당하더라도 개의치 않고 짐칸에서 나쁜 짓을 벌일 것이다.

어디 사는 누군지는 모르겠으나 당하기 전에 구해 주고 싶다. 루프해 원래대로 돌아간다고 해서 지금 느낀 공포와 고통을 무시해도 좋다는 말은 아니기 때문이다. 여자도 루퍼라면 강간당한 마음의 상처는 평생 사라지지 않는다.

"아, 가만히 지켜보기만 하는 건 남자답지 못한 행동이지. 요란하게 가 볼까?"

파트너는 잔뜩 신이 나 전투태세 모드를 장전한다. 그렇다면 나도 리포터 모드로 바꿔야 한다. 차로 시내를 돌아다닐 때 으레 라이브 방송을 켜는데 범행 현장을 맞닥뜨리면 재생 횟수가 즉시 뛴다. 우리도 상황과 어울리게 분위기를 고조시켜야 한다. 카메라를 내 쪽으로 돌리고 침을 튀기며 열변을 토한다.

"자, 시청자 여러분! 우리는 눈앞에서 여성을 납치한 강간마로부터 연약한 소녀를 구하려고 토요타 픽업트럭을 추적 중입니다! 참, 일본인분들은 불쾌하게 생각하지 말아 주세요! 토요타는 죄가 없으니까요! 더욱 뜨거워진 자동차 추격전을 놓치지 마세요!"

카메라를 창문으로 내놓고 촬영한다. 빌린 군용차는 방탄차가 아니므로 소총을 쏘면 어차피 구멍이 뚫릴 것이다.

그러니 창문으로 얼굴을 내민다고 해서 더 위험한 건 아니다. 상대 차 조수석에서 남자가 창문을 열고 자동 소총을 들이대고 주저 없이 방아쇠를 당겼다. 밤거리에 총성이 울렸다.

"으악! 발포했습니다! 앗! 방금 총알이 귀를 스치고 지나갔습니다!"

음속을 능가하는 총알의 바람을 가르는 소리와 압력을 분명히 느꼈다. 조금만 더 빗나갔으면……. 죽음이 이렇게까지 가까이 다가온 건 처음이었다.

놈들은 발포를 멈추지 않았지만 총으로 대상을 맞추는 일은 의외로 쉽지 않다. 하물며 쌍방이 움직이는 자동차 추격전에서는 어떻겠는가. 유리창을 깨고 차 안을 가로지른 총알은 단 몇 발에 그쳤다.

상대가 탄창을 갈아 끼우는 사이에 파트너가 단숨에 액셀을 밟는다. 차가 픽업트럭 짐칸에 닿으려고 하자 짐칸에 있던 남자 둘이 일어나 상황을 살폈다.

"지금이야!"

파트너가 급히 핸들을 꺾어 놈들의 차 뒤를 냅다 박았다. 남자들이 균형을 잃고 짐칸에서 떨어졌다. 한 남자는 우리

차의 조수석 창문 옆으로 굴러떨어졌다. 죽었나.

"차를 어떻게 세우지? 자칫하면 짐칸의 여자가 죽을 수도 있어."

"아, 잠깐만. 일단은 상대가 장전 중인지 아니면 총알이 떨어졌는지 상황을 보자."

파트너는 픽업트럭에 바싹 차를 댔다. 놈들이 돌아봤다면 뒷좌석 창문으로 우리를 노렸을 텐데 발포하지 않는다.

총알이 없음을 확인한 파트너는 창문으로 얼굴을 내밀고 크게 소리쳤다.

"어이! 도와줄 테니까 이 차 보닛으로 뛰어내려!"

엉망진창이 따로 없다. 우리 차는 보닛이 평평하고 높아 픽업트럭 짐칸에서 옮겨 타기에 안성맞춤이나 달리는 차에서 다른 차로 느닷없이 옮겨 타라는 인간이 어디 있을까. 물론 영화 같은 데서는 아무렇지 않게 벌어지는 일이지만.

"안 돼요! 못 해요!"

여자가 짐칸에서 울상이 되어 소리쳤다. 당연하지.

"실패해도 괜찮아! 죽거나 크게 다쳐도 내일이면 원래대로 돌아오니까! 겁먹지 말고 뛰어!"

머리로는 다 안다. 하지만 실제로 행동에 나서는 건 다른 얘기다. 그러나 여자는 의외로 배짱이 두둑했다. 잠시 주저하다가 과감하게 짐칸에서 뛰었다.

착지와 동시에 균형을 잃고 앞 유리창에 얼굴을 세게 부딪쳤다. 미안하지만 그 얼굴을 고스란히 카메라에 담았다. 뒤이어 필사적으로 창틀을 쥐고 보닛에서 떨어지지 않으려고 자세를 잡았다. 대단하다.

천천히 속도를 늦춰 차를 세우자 여자가 바로 뛰어내렸다. 코피가 나고 찰과상이 몇 군데 있었으나 겉보기에 큰 부상은 없는 듯하다.

"큰일을 당했네. 우리는 저 차를 계속 쫓을 거야. 지금부터 혼자 밤길 걷기 싫으면 누구라도 불러."

"난 괜찮아요. 그보다 빨리 저놈들을 쫓아요! 저 썩어 빠진 놈들을 다 죽여 버려요!"

터프한 여자다. 그녀의 바람대로 녀석들의 얼굴을 다 공개해서 사회적으로 매장시켜 버리자.

"아! 방금 사회적으로 부적절한 단어가 방송됐습니다. 일단 저희는 추격을 재개해 위험한 범죄자의 신원을 밝혀내겠습니다. 절대로 그냥 놔둘 수 없습니다."

카메라에 대고 선언한 뒤 여자를 그 자리에 남겨 둔 채 차를 출발시켰다.

파트너가 전속력으로 운전하는 차가 어딘가 고장이 났는지 제 속도가 나지 않는 놈들의 차를 아주 쉽게 따라잡았다. 복잡한 골목을 빠져나가 차를 버리고 어둠 속으로 숨어들면 추적이 어려웠을 텐데 놈들도 놀랐거나 혹은 우리가 여자를 구하고 다시 쫓아오리라 생각하지 못한 모양이다.

그때부터는 모든 게 수월했다. 군용차는 중량 자체가 다르다. 나란히 달리며 차체로 들이박으면 상대 차량은 마음대로 제어되지 않는다. 그대로 전봇대를 들이박았다.

파트너는 차를 세우고 허리춤에서 뽑은 권총을 겨눈 채 크게 파손된 차로 천천히 다가갔다.

"아이고, 많이 다쳤네. 너희들 어떻게 해 줄까? 죽여 줘?"

운전석과 조수석 남자 모두 빈사 상태의 중상은 아니었으나 병원에서 치료하지 않으면 위험할 정도로 심하게 다친 듯 보였다. 하지만 우리는 이 범죄자들을 병원까지 데려갈 마음이 없고, 이 시간에 병원에 의사가 있을 리 없다. 게다가 이 녀석들은 곧 살아 돌아올 테니 부상의 고통을 견딜 필요가 없다.

"너…… 누군지 알아."

피가 흘러 한쪽 눈으로 들어간 운전석 남자가 카메라를 든 나를 나머지 눈으로 노려봤다.

"덕분에 유명인이지."

"기억해……. 다음 날에는 *너희* 집에 놀러 갈 테니까."

그때 파트너가 녀석의 머리를 날려 버렸다. 카메라를 그대로 들고 있었던 까닭에 머리뼈 파편과 뇌수가 튀는 장면이 라이브 영상으로 그대로 나가고 말았으나 어차피 시청자들은 이런 영상을 원할 것이다. 이 정도는 우리가 방송해 온 영상 가운데 그리 과격한 편도 아니다.

"제정신이야? 저항하지 못하는 사람을 쏘다니."

카메라 마이크를 끄고 물었다.

"넌 이 녀석 얼굴을 클로즈업하고 있어서 몰랐겠지만 화면 밖에서 총으로 손을 뻗었다고."

그래? 그렇다 치자. 파트너는 곧이어 조수석 남자도 사살했다.

"이 녀석이 마지막에 한 말……. 정말 너네 집을 알고 있을까?"

"글쎄…… 최근에 완전 유명인이 되는 바람에 내 고향 얘기도 했으니까."

"어쨌든 내일은 최대한 빨리 데리러 가는 게 좋겠어. ······위험한 기운이 느껴지면 빨리 몸을 숨겨."

"알았어. 달갑지 않은 손님이 오면 바로 숨을게."

그렇게 말하면서도 속으로는 도망칠 수도, 숨을 수도 없음을 깨닫고 암담하기만 했다.

다음 주기에 가족에게 한마디 남기고 집을 뛰쳐나왔다. 이 정도는 매일 있는 일이라 가족들은 전혀 신경 쓰지 않았다.

만약 그 녀석의 협박이 빈말이 아니라면? 우리 집을 알고 보복으로, 아니 보복이라고는 할 수 없겠으나 어쨌든 우리 집을 습격한다면······.

집에는 부모님과 여동생이 있다. 길거리에서 당당하게 여자를 납치하는 놈들이 집까지 오는 일은 생각하고 싶지 않다.

놈들의 표적은 나다. 가족을 끌어들이지 않으려면 내가 먼저 이곳에서 벗어나 놈들이 이곳을 찾아올 때 미리 발견해야 한다.

놈들이 어떤 사람이든 우리 집을 목표로 한다면 다행히

오는 길은 한정되어 있다. 북쪽 아니면 남쪽이다. 그리고 남쪽은 사람이 거의 살지 않는다.

평소대로 북쪽을 향해 계속 걸었다. 쓰레기들이 나를 죽이러 올 것으로 예상되는 방향으로.

온갖 불길한 상상을 떠올리며 걸음을 옮기는데 헤드라이트가 보였다. 이곳에서 저런 빛을 본 적이 없다. 도망치고 싶은 마음이 들었으나 기다란 외길에 도망칠 곳은 없었다. 길을 벗어나 수풀에 숨으면 놈들은 나를 찾아 집까지 갈 것이므로 그것만은 피해야 한다.

내 앞에서 멈춘 차에서 세 사람이 내렸다. 한 사람은 너무 먼 데 살아서 하루의 개시 시작 시점에 바로 모일 수 없었는지 모른다.

"……안녕. 정말 놀러 왔네."

"카메라 없어? 본인이 고통스러워하는 장면도 찍어서 내보내야지."

둘이 돌진해 순식간에 제압하는 바람에 그대로 지면에 쓰러져 엎드린 상태가 되었다. 나쁜 예감 하나가 뇌리를 스쳤다. 성욕에 돌아 버린 이 원숭이들이 남자라고 강간하지 않으리란 법이 있나. 게다가 이놈들은 지난 주기에 성욕을 발산할 기회를 놓치고 말았다. 다행인지 불행인지 바지가 벗겨지는 일은 없었다. 한 명이 내 허리에 올라타 몸을 붙들고 또 한 명은 양팔을 잡아 앞으로 뻗게 했다. 나머지 한 명은······.

핏기가 사라졌다. 유유히 이쪽으로 걸어오는 놈의 손에 날이 크고 긴 목수용 칼이 들려 있었다.

"팔다리가 나뭇가지처럼 가느다랗네. 단박에 잘라 줄게."

"이봐, 잠깐만! 얘기 좀 해! 더 이상 죄짓지 마! 잘 들어. 이 루프는 언젠가 끝나! 아직은 폭력 미수일 뿐이지만······."

매정하게 휘둘러진 칼이 지면에 꽂히며 내 오른팔을 깨끗하게 절단했다. 아아아아아아! 뜨거워! 너무 뜨거워! 등골을 관통하는 충격에 몸이 튕기듯 뛰어올랐다. 온몸에서 피가 펄펄 끓는 듯한 뜨거움이, 잘린 오른팔에서 용암이 흘러드는 듯한 뜨거움이 느껴졌다. 그리고 조금 늦게 통증이 찾아왔다. 아파, 아파, 아파, 아파, 아파! 아프다는 말 외에는 아무것도 생각할 수 없다! 아파, 아파! 아파, 아파, 아프다고!

"어라! 하나 더 있네. 가 볼까?"

가차 없는 일격이 남은 왼팔을 벤다. 충격, 엄청난 뜨거움, 그리고 성난 물결 같은 고통.

"다리도 다 잘라서 너네 마을에 보내 줄게. 우리가 잘 데려다줄 테니까 안심하라고."

남자의 목소리가 멀리서 들리는 듯했다. 이놈들이 마을에…… 다른 사람에게 위해를 가하지 않더라도 너무나 비참한 이 모습을 가족에게 보이고 싶지 않았다.

하지만 할 수 있는 게 없다.

믿을 수 없이 강렬한 고통 속에서 서서히 머리가 멍해졌다. 이런 고통 속에서 잠들 리 없는데. 양팔에서 흘러나오는 무시무시한 출혈로 의식을 잃어 가는 듯하다. 시야가 어두워진다. 두 다리가 잘리기 전에 기절하다니 차라리 다행이다.

멀리서 어렴풋이 헬기 라이트가 보인 듯했으나 환각일지 모른다.

정신을 차리니 평소와 다름없는 하루의 개시 지점이었다. 내 집. 눈앞의 가족. 서둘러 두 팔을 본다. 당연히 제자리에 붙어 있다.

"어제 큰일을 당한 것 같던데."

어머니가 말했다. 큰일? 그 정도가 아니었다고.

"자동차 사고로 죽었다고 네 파트너한테서 들었어."

파트너? 그러면 의식을 잃기 전에 본 빛은 진짜 헬기 헤드라이트였나? 출혈에 의한 쇼크로 그대로 죽은 듯한데 실제로 내가 어떻게 죽었는지 알면 충격 받을 테니까 대충 다른 사인을 댔나? 그냥 죽음 자체를 숨기면 됐을 텐데?

"촌장과 얘기했다. 너 그 일 그만두는 게 좋겠다고."

"드디어 나타났구나. 마지막으로 여기 온 게 몇 주기 전이었지?"

아침이 되기를 기다리지 않고 그날 밤 바로 촌장을 찾아갔다. 그의 음색이나 표정은 재회를 기뻐하는 것 같지 않았다. 무리도 아니다. 촌장은 내가 자신의 기대를 저버렸다고 생각할 것이다.

"네 파트너가 말을 남겼다."

촌장은 고령이지만 기억력이 좋았다. 그의 말에 따르면 헬기가 접근했을 때 놈들은 내 다리를 자르던 참이었다. 정신을 잃든 출혈 쇼크로 죽든 사지를 절단하고 집 안에 시신을 던져 놓을 계획이었다고 한다. 파트너는 격노해 놈들에게 기관총을 겨눴다. 놈들은 너무 놀라 왼 다리만 남은 내 몸을 방패로 삼았으나 파트너는 망설이지 않고 사격했다. 참혹한 내 모습을 보고 살아 있더라도 바로 편안하게 해 주자고 마음먹었다고 한다.

나와 놈들 가운데 둘은 기관총 난사로 산산조각이 났다. 조금 떨어진 곳에 서 있던 한 놈은 간신히 살아남았다. 파트너는 헬기를 착륙시키자마자 폭포처럼 쏟아진 총알이 한쪽 다리를 스치며 잘라 냈으나 그래도 살아남은 자에게 경고했다.

"내 파트너에게 두 번 다시 손대지 마. 난 하루 시작에 출발하면 너희들이 이 녀석을 죽이고 도망치기 전에 반드시 너희들을 잡을 수 있어. 너희들보다 훨씬 잔혹하게 죽이는 방법도 알아. 이 녀석에게서 손 뗄 때까지 매일 너희들에게 지옥을 보여 줄 거야."

단순한 위협이 아님을 증명하듯 파트너는 떨어져 있는 피 묻은 목수 칼로 생존자의 사지 가운데 남은 세 개를 절단했다. 나와 같은 고통에 시달리는 녀석을 내버려두고 헬기에 탄 파트너는 처음으로 이 마을을 방문했다.

어머니에게 거짓 사인을 전한 파트너는 촌장을 만나게 해 달라고 청했다. 그리고 그에게 진실을 말하고는 내가 위험한 일을 하지 않도록 설득해 달라고 부탁하고 떠났단다.

"만약 악당들이 다시 나타나면 시내까지 나를 찾으러 오길 바랍니다. 이제 내가 녀석을 찾아오는 일은 없을 테니까."

콤비 해산이란 소리다. 파트너에게는 그동안 정말 많은 신세를 졌다. 용케 여기까지 왔다. 그래도 마지막 작별 인사 정도는 하게 해 주지.

"그래서요? 촌장님도 제가 이 일에서 손을 떼야 한다고 생각해요?"

"그래, 나도 그 의견에 찬성한다. 네게 더는 위험한 일을 시키고 싶지 않구나."

무리도 아니다. 나 역시 악당의 원한을 사서 다시는 그런 고통을 맛보고 싶지 않다. 하지만 그래도……

"이제 와 그만둘 수 없어요."

"사람이 살해당하고 강간당하고 방화가 일어나고 팔다리가 잘리는 사건을 쫓는 게 네가 해야 하는 일이니?"

"네, 쓰레기 같은 이 세상의 현실을 보여 줘야 해요."

촌장은 지금까지 보인 적 없는 비장한 얼굴로 내 눈을 똑바로 응시했다.

"오래전 순수하게 지혜를 원하던 소년이, 그 무구한 눈동자의 소유자가 완전히 거친 눈이 되고 말았구나."

그리운 이야기다. 그날들이 정말 옛일 같다.

헬렌의 보도를 본 시내 사람들은 내게 믿기지 않을 만큼의 친절을 베풀었다.

처음으로 말을 걸어온 아저씨는 차로 데려다주었고, 다음에는 번갈아 나를 데려다주겠다는 사람들이 나타났다. 최종적으로는 매일 네 명이 교대로 나를 도서관까지 데려다주었다. 거친 길을 달리는 차는 때로 너무 심하게 흔들려 대화하다가 혀를 깨물기도 했다. 문명이 넘치는 시내에서 나고 자라 교양과 도덕을 갖춘 신사 숙녀들과 대화하는 게 좋았다.

종국에는 육군 소속 헬기를 조종할 수 있다는 남자까지 헬렌을 통해 협력을 요청했다.

"마을을 위해 매일 밤 공부하러 걸어왔다며? 꼬마가 대단하네. 책이 필요하면 내가 가져다줄게. 헬기는 단번에 날아오니까."

무장한 군용 헬기는 흉악 범죄자 대처용이란다. 세상이 아무리 혼란스러워도 일개 군인 신분으로 주기마다 개인적인 용무에 헬기를 동원할 수 있을 리 없다. 허락을 받으려고 헬렌까지 가세해 군의 높은 분을 설득했다고 한다. 루프 후 세상의 치안을 유지하느라 무자비한 이미지로 각인된 군이 소년의 꿈을 돕는 모습을 보여 주면 이미지 개선에 도움이 될 수 있지 않겠냐는 식으로 설득했을 것이다.

하지만 어머니와 여동생의 잠을 방해하지 않도록 제공받은 군용 텐트의 LED 랜턴 조명 아래에서 밤을 새우며 지식을 습득하는 가운데 깨달았다.

이렇게 계속 공부한들 마을을, 그리고 세계를 바꿀 수 없다.

순진무구했던 시절, 지식만 있다면 마을에 물과 전기를 가져올 수 있다고 막연하게 생각했다. 하지만 아무것도 없는 가난한 변방 마을에 인프라를 구축할 때까지 얼마나 많은 시간이 소요될까? 물터를 놓고 전쟁을 벌이는 우리가 그때까지 살아남을 수 있을까?

"처음 공부를 시작했을 때는 지식만 있으면 마을을 구할 수 있을 거라 생각했어요. 우물을 파거나 발전기를 만들어서요. 그런데 그러려면 돈이 필요하다는 사실은 몰랐죠. 과학을 배울 때는 돈 없이도 마을의 삶을 풍요롭게 할 어떤 대단한 발명을 할 수 있지 않을까 싶어 가슴이 막 뛰었어요. 하지만 그런 일은 생기지 않았어요. 그런 걸 발명할 수 있었다면 이미 누군가 했겠죠. 배우면 배울수록 분명해졌어요. 마을을 구하려면 결국은 물자 원조를 받는 방법밖에 없다고."

이 마을만의 원조여서는 안 된다. 이 마을처럼 가난해서 산업이랄 게 없는 주변 마을에도 지원의 손길이 닿아야 한다. 한 집단만 원조 물자로 풍요로워진다면 다음번에는 그것을 둘러싸고 쟁탈전이 시작될 것이다.

지속적이고 포괄적인 지원. 이 주장을 펼치려면 이 나라 사람들이, 더 넓은 관점에서는 같은 환경에 처해 있는 아프리카 나라들이, 미래의 전망을 품지 못한 사람들이 무슨 생각을 하고 어떻게 살아가는지 알 필요가 있다.

그리고 우리를 알리고 싶으면 나부터 '그들'을 알아야만 한다.

학교에서 배우고 싶었던 수학과 과학 책을 미뤄 두고 세계 지리와 세계사 공부를 시작했다.

바깥세상을 알아 가는 일은 지적 호기심을 채워 주었으나 동시에 동경했던 먼 세상에 대한 큰 실망을 안겨 주었다.

지평선 너머, 이 나라에서는 풍요로운 계절에나 볼 수 있는 넓은 물터가 작은 웅덩이에 불과한 믿을 수 없을 만큼 넓은 바다, 그 너머에 있는 세상. 미국, 영국, 프랑스, 중국. 그 나라들은 이 나라와는 전혀 다른 낙원 같은 곳이라고 생각했다.

수도꼭지를 틀면 언제나 깨끗한 물이 나오고, 매일 다른 맛있는 음식을 먹을 수 있고, 덥지도 춥지도 않은 집에서 부드러운 침구에 감싸여 잠이 든다. 집집마다 자동차가 한 대씩 있고 그 차로 가고 싶은 곳은 어디든 간다. 그 밖에 뭐가 더 필요하지?

하지만 그런 풍요로운 환경에서조차 사람들은 서로를 죽이고 있었다.

세상이 루프하기 전부터 선진국의 행복한 사람들이 끔찍한 방법으로 서로를 죽인다는 사실을 알고 있었다. 낙원은 어디에도 없었다. 루프로 말미암아 그 사실이 더 또렷하게 드러났다. 물과 음식이 부족하지 않아도 인간은 제멋대로 다른 사람을 착취하고 속이고 강간하고 죽인다.

이 나라와 다를 게 하나도 없었다.

물질적으로 풍요로워도 마음의 여유가 조금도 없는 사람들만 존재했다.

그런 세상에서 우리를 알아보고 원조의 손길을 내미는 사람은 그야말로 한 줌의 소수였다. 우리는 다른 사람들에게 신경 쓸 필요 없는 존재였다. 스스로를 불행하다고 여기는 사람은 자기보다 불행한 사람의 목소리와 모습을 듣지도 보지도 못하기 마련이다.

그래도 그들에게 우리의 존재를 알려야만 한다. 정신적, 시간적 여유가 없어도 누군가를 도우러 나서는 예외가 있는 법이다. 당장은 아무것도 없는 우리 같은 사람을 신경 쓰지 않더라도 언젠가 경제적 여유를 손에 넣었을 때 절대로 그런 삶을 살지 못할 우리에게 관심을 돌릴지 모른다.

어떻게 하면 우리의 목소리를 온 세상에 더 알릴 수 있을까? 도움의 목소리라면 선조들도 수없이 외쳤다. '불쌍한 우리'에 대해 내내 목소리를 높여 왔다. 그 목소리를 듣지 못하는 사람들에게 전달하려면 방식을 바꿔야 한다.

그날은 군인이 "가끔은 기분 전환도 괜찮겠지." 하며 헬기로 시내 상공을 돌아 주었다. 전에도 이렇게 두 번 시내 야경을 보여 주었다.

"나 이제 마을에서 책만 죽어라 읽는 일은 그만하려고."

무수한 사람들의 삶이 빛나는 현장을 바라보며 중얼거렸다.

"전에 인터넷 보여 준 적 있지? 그때부터 줄곧 생각했어. 내가 해야 할 일은 내 힘으로 마을을 구하기 위해 공부를 하는 게 아니라 마을을, 나아가 이 나라를 세상에 알리는 일이 아닐까. 헬렌이 한 것처럼."

헬렌의 보도 덕분에 내 세계는 변했다. 이번에는 내가 세계를 바꿀 차례다.

"다 죽어 가는 얼굴로 우리 좀 도와주세요, 라는 느낌은 안 돼. 헬렌이 나를 뉴스에 내보낼 때보다 더 널리 알리려면 과격하고 강력하고 피가 낭자한 인상을 남기는 보도여야 해."

동영상 사이트에서 재생 횟수가 많은 영상의 경향을 보고 파악했다. 사람들은 과격한 것에 주목한다. 정보가 범람하는 거친 바다 같은 인터넷 세계에서 강한 인상을 남기지 못하는 콘텐츠는 그저 훌러가 묻힌다.

"참혹한 뉴스를 계속 내보내서 이게 바로 현실이다, 라는 걸 보여 줘야 해. 선진국의 최악의 뉴스와 우리나라의 한심한 뉴스를 나란히 보도해서 당신네들도 우리랑 다를 바 없다는 걸 보여 주는 거야."

"꼬마 주제에 참 지독한 생각을 하네."

"위악적인 게 오히려 사람들의 시선을 모을 수 있어. 하지만 나 혼자서는 안 돼. 함께 현장을 돌아다닐 파트너가 필요해."

그를 똑바로 응시하며 시선을 피하지 않았다. 그가 협력자로서 가장 적당했다. 자동차 운전과 헬기 조종이 가능하고 취재 중 거친 일에 휘말려도 우리 몸을 지킬 힘이 있다. 무엇보다 그와는 오랜 시간을 함께 보내도 힘들지 않았다.

"정말 제멋대로 이래라저래라 하는 녀석이라니까. 근데 뭐…… 재미있을 것 같네. 좋아. 같이 해 보자고, 형제."

"아무리 원조가 필요하더라도 이 루프가 끝나면 다들 세계 질서를 원래대로 돌리느라 정신이 없을 거예요. 이 세상 끝에 있는 조그만 마을 따위 신경 쓸 리 없어요."

촌장이 곧 이 마을의 법은 아니다. 말리는 그를 뿌리치고 이 자리를 뜰 수도 있었다. 그러나 이 사람은 어린 내게 세상을 알려 준 스승이다. 내가 하고자 하는 일을 이 사람에게도 이해시키고 싶었다.

"그래서 바로 지금이 적기라는 거예요. 바로 지금 세상 사람들에게 보여 주고 깨닫게 해야 해요. 우리 같은 가난한 나라 사람도 미국이나 유럽의 부자 나라 사람과 다르지 않다는 사실을. 질서가 무너지면 윤리는 사라지고 잔혹한 일이 벌어지고 교육을 받든 안 받든 무법자가 생기는 법이라고요. 뒤집어 보면 우리도 풍요로운 나라 사람들처럼 할 수 있어요. 밥 잘 먹고 교육 받으면, 그러니까 지원만 있으면 말이죠. 그저 도움을 받는 존재가 아니라 서로 돕는 관계가 돼야 한단 말이에요. 다만 그렇게 되기까지 일방적인 도움을 받을 수밖에 없어요. 이런 불모지에 태어난 우리끼리는 해결할 방법이 없다고요."

내 손으로 마을을 구할 수 있었다면 얼마나 좋았을까. 누구보다 지혜로워져서 그 지혜로 이 마을과 나라를 어떻게 할 수 있었다면. 하지만 이제 그건 꿈같은 이야기일 뿐이다.

"이렇게 생각하는 놈들도 있죠. '아프리카 같은 곳은 도와줘 봤자 소용없어. 못 배워 먹은 야만인은 우물을 파 줘도 나눠서 팔아 버리고, 돈을 주면 무기를 사서 서로를 죽이는 데 사용한다고.' 하지만 그 사람들이 우리에 대해 뭘 안다고요? 미래를 위한 투자는커녕 당장 쓸 돈이 급해서 설비를 음식이나 물로 바꿔야 생존할 수 있는 사람의 심정을 알까요? 법이 없어서, 찢어지게 가난해도 총부터 사지 않으면 가족을 지킬 게 없는 이 세상 끝 사람들을 자기들이 지켜 줄 건가요?"

인터넷으로 개발 도상국 원조에 관한 설문 조사를 했을 때 그런 소리를 하는 사람들을 종종 봤다. 참 한심한 놈들이지. 어차피 너희들은 우리에게 뭘 준 적도 없잖아?

"우리는 늘 그렇게 경멸당했어요. 그래도 도움을 요청하는 일을 멈출 수 없어요. 적어도 지금은요. 그래서 계속 목소리를 내 왔고요. 끊임없이 찍어 보냈죠. '저널리스트? 별거 없네. 피비린내 나는 뉴스로 이름이나 파는 한심한 악취미를 지닌 놈들이잖아.'라고 여겨지도록."

내 안에는 그런 노림수와 다른 단순한 분노도 있었다.

우리나라와 달리 풍요로워 먹을거리가 넘치는 나라에 왜 그토록 삶에 여유가 없는 사람이 많을까? 일부 인간이 남아도는 부를 독점하고 나눠 주려 하지 않기 때문이다.

세상에서 가장 부유하다는 미국에서는 상위 1퍼센트 부자가 전체 자산의 30퍼센트 이상을 소유하고 있단다. 너무나 어이없는 수치다. 이 격차를 아무렇지 않게 생각하고 가난한 사람을 등한시하고 돈을 물 쓰듯 하는 사람이 뭐 그리 대단한가.

하지만 루프는 잘난 체하는 특권 계급 사람들에게도 가차 없이 찾아왔다. 질서가 무너진 세계에서 그토록 사람들을 깔봤던 사람들이 하층 계급의 역습을 받는 사건도 나쁘지 않았으나, 허식을 걷어 낸 부자들끼리 추하게 싸우는 사건이 더 좋았다. 특히 이런 뉴스는 보도하는 보람이 있었다. 놈들의 야만적인 본질을 드러낼 때 가장 가슴이 뛰었다.

그 의사 이야기가 떠올랐다. 내가 선택한 사명에 보람을 느끼고 있지만 그게 다가 아니다. 파트너와 마찬가지로 이 일을 즐기고 있다.

잠자코 듣던 촌장이 입을 열었다. 그의 목소리는 여전히 비통했다.

"네 진심은 알았다. 세상을 바꾸겠다는 뜻은 훌륭하구나. 하지만 네 마음은 어떠니? 이 세상의 비참한 모습을 끊임없이 보아 온 네 마음은? 내가 살면서 만난 가장 현명한 아이였던 네가 무너지는 모습은 보고 싶지 않구나."

이 사람은 그저 내 안위를 걱정할 따름이다. 촌장은 내게 있어 부모나 마찬가지이듯, 나 역시 그에게 자식 같은 존재일 것이다.

"괜찮아요. 저는 그만한 일로 망가지지 않아요. 이 세상이 쓰레기만으로 가득하진 않다는 걸 아니까요. 촌장님이 알려 준 대로 지식이 저를 구했어요. 어떤 악의를 맞닥뜨리더라도 그게 세상의 전부가 아니라는 걸 알면 돼요."

이 세계에는 법이 기능하지 않으면 아무렇지 않게 잔혹한 짓을 저지르는 인간이 있다. 하지만 동시에 헬렌과 파트너, 미국에서 온 의사, 촌장 같은 사람도 존재한다. 그런 사람의 수가 훨씬 적더라도 세계에 대한 절망을 날려 버리기에는 충분하다.

"……말을 다시 해야겠구나. 네 눈은 흐려지지 않았어. 너는 지금도 변함없이 이 마을을 빛으로 비추고 신의 사랑을 받는 아이란다."

촌장은 자애 가득한 눈으로 내게 미소를 지었다. 내가 새로운 배움을 얻을 때마다 그는 흐뭇한 시선을 보냈다.

"네가 믿는 길을 가려무나. 그러나 상처 입고 피로에 지쳤을 때는…… 그때는 이리로 오거라. 너는 이 마을의 아이다. 이곳은 언제든 네가 돌아올 곳이란다."

그 직후 오랜만에 물과 식량을 챙겨 마을을 떠났다. 늘 가던 길을 걷고 있어도 파트너는 나를 데리러 오지 않는다. 하지만 시내까지 걷는 건 이미 익숙하다. 밤새워 걸어가면 아침에는 도착한다는 걸 알고 있다.

시내에 도착해 파트너를 찾으면 설득하면 되고, 찾지 못하거나 거부하면 외롭겠지만 혼자서 하면 된다. 방송국으로 가서 휴대용 단말기를 빌리면 촬영과 업데이트도 가능하다. 이 세상에 내 목소리를 전달하는 데 대단한 도구는 필요 없다.

다시 바뀔 날들을 생각하며 새벽이 오기 전의 어두운 황야를 하염없이 걸었다. 떠오르는 태양이 대지를 천천히 밝히는 광경을 오랜만에 바라보는 즐거움을 만끽하며.

5

PRISONERS
프리즈너스

내가 그린 건 청춘의 반짝임도,

가슴 뛰는 사랑도,

미래의 꿈도 등장하지 않는 잿빛 이야기입니다.

하지만 그런 이야기에 구원 받는 사람도

이 세상 어딘가에 있지 않을까요?

1. 읽어야 하는 이유

할머니 병문안을 다녀온 다음 도서관에 들르는 게 일과가 된 지 딱 150주기째입니다. 이곳도 상당히 썰렁해졌습니다.

세계가 오늘을 반복하게 된 뒤로 한참 동안 루퍼가 되어 전날의 기억을 유지하면서 방에 틀어박혀 책만 읽었습니다. 쌓아 놨던 책을 다 읽자마자 두 발은 자연스럽게 도서관으로 향했습니다.

그 시기부터 할머니 병문안을 다니기 시작했습니다. 병문안을 가는 게 불안해서 새로운 책을 구하려고 한 건 아닙니다. 병원과 집을 왕복하는 날들에 변화를 주어야 했습니다.

책이 필요했던 거라면 서점도 괜찮았습니다. 하지만 세계가 이렇게 되고 판매원이 다 사라졌다고 하더라도 물건을 마음대로 집어 오는 일은 아무래도 도둑질 같았습니다. 돈을 내도 다음 날이면 다시 돌아와 있을 돈을 내는 건 의미가 없고요.

더구나 서점에서 판매 중이거나 도서관에서 대출 중인 책은 유행하는 책이 대부분입니다. 누군가와 독서 후기를 나누는 재미를 누릴 것도 아닌데 굳이 그런 책을 선택할 필요는 없다고 생각합니다. 명작이라는 평가가 굳어진 책을 읽는 게 훨씬 만족스러울 가능성이 높죠. '시간의 세례를 받지 않은 책을 읽어 귀중한 시간을 낭비하고 싶지 않다.' 무라카미 하루키의 유명한 소설에 이런 글귀가 나옵니다. 뭐, 지금은 누구에게나 시간이 귀중하지 않지만요.

빌려 온 책은 다음 주기에 도서관 선반에 돌아가 있으므로 하루 만에 다 읽지 못하면 어쩔 수 없이 도서관에 가야 했습니다. 그 무렵 도서관에 나 같은 이용자가 있었습니다. 얼마 되지는 않았으나 매일 누군가가 책을 빌리러 오거나 그 자리에서 읽었습니다.

하지만 최근 들어 도서관에 사람이 부쩍 줄었습니다. 이곳에 사람이 있으면 그 사람도 나처럼 책 읽는 일 외에 세상 사는 재미가 없는 사람이겠거니 하며 내 마음대로 공감했었는데 아니었나 봅니다.

어쩌면 도서관에 왔던 사람들은 손쓸 방법 없이 변해 버린 세계에 적응하지 못해서 독서로 시간을 떼웠는지 모릅니다. 그런데 적응만 하면 이 세상에도 나름대로 오락거리가 있습니다. 위험하거나 다른 사람에게 상처를 주는 일이 더 많은 듯하지만…….

물론 세계의 시간이 망가지기 전에도 딱히 즐거운 게 없었던 나는 그들과 태생부터 다른 인종이겠죠.

나는 어릴 때부터 이야기와 친했습니다. 부모님에게 장난감을 사 달라고 조르듯 어린이 애니메이션을 보여 달라고 했습니다. 학교 친구들과 TV 드라마에 대해 실컷 수다를 떨었습니다. 그리운 추억입니다. 어린 시절 나는 그런 것들의 영향을 받았습니다.

그러던 어느 날부터 그런 것들을 즐기지 못하게 되었습니다. 영상이나 그림으로 그려지는 이야기를 거부하고 도

피하듯 활자의 바다에 빠졌습니다.

어렸을 때부터 그 조짐이 있기는 했습니다. 어쩔 수 없이 두 가지 사실을 깨달았을 때입니다. 하나는 내가 추하게 태어났다는 점입니다.

부모님의 사랑을 받고 자란 아이라도 세상의 잔혹한 시선에 상처를 받기 마련입니다. 어른들이 조심하고 함부로 하지 않는 말을 아이들은 아무렇지 않게 내뱉습니다. 유치원 때부터 초등학교 저학년 때까지 내 외모가 주변인들에게 어떻게 보이는지 잘 배웠습니다. 거울을 보면서 내가 추하다고 생각했을 뿐만 아니라 다른 사람도 나를 추하게 본다는 사실을 깨달았습니다.

사람들은 추한 존재에 너그럽지 않습니다. 철없는 아이들이 추한 오리 새끼를 괴롭히는 거야 아직 어려서 그런 거니 어쩔 수 없다고 포기할 수 있습니다. 더 힘든 건 어른들마저 외모에 따라 대하는 게 달라진다는 겁니다. 어린 나이에 일찌감치 추녀가 될 운명을 확정한 내게 대가 없는 사랑을 쏟은 사람은 부모님과 조부모님뿐이었습니다. 친척들, 그러니까 삼촌, 고모, 이모들까지 나를 기이하게 쳐다보는 눈빛을 숨기지 않았습니다. 모든 학생을 평등하게 대해야 할 교사들은 피부로 느껴질 만큼 곤혹스러움을 드러내거나 길가의 돌처럼 취급했습니다. 하물며 거리에서 마주치는 사람들의 호기심 혹은 혐오의 시선은 말해 뭐 하겠어요!

사춘기가 되니 이 추함이라는 저주는 더욱 자존심을 다치게 했습니다. 살면서 이성의 사랑을 한 번도 받지 못할 존재라는 사실이 인생의 아주 중요한 부분임을 뼈저리게 깨달았습니다. 그 사실은 10대 초반의 여자아이에게 세상이 끝나는 것 같은 절망일 수밖에 없습니다. 그리고 사춘기를 완전히 벗어난 지금도 그 사실은 끝없는 터널처럼 인생을 어둡게 뒤덮고 있습니다.

또 하나 깨달은 점은 영화나 TV 드라마 대부분이 미남 미녀에 대해 다룬다는 겁니다.

영화나 드라마에 나오는 배우들은 적어도 내 기준에서 거의 다 아름다운 사람들입니다. 소설을 영상화한 작품을 생각해 보세요. 원작에서 미인이라는 설정이 없어도 연기자는 죄다 외모가 뛰어난 사람으로 바뀝니다.

원래 미인이 많은 직종이니 당연한 일이겠죠. 그럼 왜 미인이 많을까요. 말할 것도 없이 사람들이 미인을 원하기 때문이죠. 멋진 남성의 활약을, 아름다운 여성의 미소를, 미남 미녀의 사랑 이야기를 보고 싶어 하기 때문입니다. 어느 누가 외모가 별로인 배우의 얼굴을 한껏 확대해 스크린에서 보고 싶겠습니까. 그런 얼굴은 현실에서 보는 것만으로도 충분한데요.

전쟁 영화처럼 세상의 추한 부분을 그린 픽션은 만들면서 날 때부터 추한 추녀 이야기는 아무도 필요로 하지 않습니다. 아주 옛날 서커스단 같은 데서 관심을 가졌을 수 있겠으나, 현대에는 추녀를 대놓고 웃음거리로 삼을 수 없으니까요.

추한 사람은 대부분 다른 사람 앞에 나서기 싫어합니다. 나 역시 그렇습니다. TV에 나오는 길거리 인터뷰는 상상조차 하기 싫고, 학교에서 하는 연극 발표회는 고통 그 자체였습니다.

추함을 자각하고 화면 속 이야기에서 추함이 배제됨을 깨닫자 영화나 드라마에 열을 올리는 일이 점차 사라졌습니다.

그런 이유로 독서 외에 인생의 재밋거리가 없었습니다. 소설에 등장하는 평범한 인물이나 추한 인물은 머릿속에서 대단하지 않은, 혹은 그저 추한 사람으로 움직입니다. 상상

속의 그들이 화면 속에서 활기차게 연기하는 미인들보다 훨씬 진실 같습니다.

나 같은 젊은 여성이 방에만 틀어박혀 책장을 넘기는 데 열중하며 상상의 세계에 몸담고 있는 게 쓸쓸한 일이려나요. 하지만 덕분에 루프하는 이 세상에서 지루할 겨를 없이 지내고 있습니다. 물론 인간의 정신은 무한한 시간을 견딜 수 없으므로 루프가 끝나지 않는다면 분명 이상이 발생하겠죠. 다만 한동안은 담담하고 조용한 날들을 도서관에서 지낼 수 있을 듯합니다.

최근에는 책을 빌려 꼬박꼬박 집에 돌아오기를 포기했습니다. 추한 나를 깊은 애정으로 길러 준 부모님에게 감사하나 폐쇄감 넘치는 나날 속에서 늘 같은 사람과 지내다 보면 숨이 막힙니다. 다들 그런 건지, 아니면 유독 나란 인간이 고독을 좋아하는 건지 모르겠지만. 이 세계에는 50년이 넘도록 얼굴을 맞대고 사는 노부부도 있습니다. 그렇게 오랜 세월 동안 연대감을 다지며 끈끈하게 살아가는 사람들에게는 감탄을 금할 수 없습니다.

어쨌든 나는 이 이상한 날들을 평온하게 지내고 있었습니다. 그런데 루프하는 오늘을 견디지 못해 하루가 시작하자마자 자살하는 사람들이 있다고 합니다. 그들 대다수는 죽음을 체험한 공포로 말미암아 자살을 재시도하지 않지만, 마음이 고장 난 양 끊임없이 자살을 되풀이하는 사람도 있다네요. 개중에는 자살을 죄로 여기는 종교의 신자도 있다고 하니 얼마나 궁지에 몰렸으면 그렇게까지 하는지 마음이 아픕니다.

나는 도서관의 방대한 장서 덕분에 지루함과는 거리가 먼 나날을 보내지만, 모든 걸 내던지고 죽음이라는 허무로 도망치고 싶다는 마음이 이해됩니다. 하지만 나는 *일과*가 끝날 때까지 죽을 수 없습니다.

일과 얘기가 나와서 말인데, 이 세계에는 내가 오락으로 여기는 도서관을 오로지 공부를 위해 다니는 기특한 아이도 있답니다.

꽤 오래된 뉴스이지만 반향이 컸던 터라 아는 분들도 있겠죠. 나라 이름까지는 잊어버렸고, 아프리카 나라의 한 가난한 마을에 사는 소년이 마을이 처한 현실을 바꿔 보고자 공부를 하기 위해 멀리 떨어진 시내의 도서관까지 매일같이 밤새 걸어 다닌다는 이야기였습니다. 그러다 시내에 사는 친절한 사람이 소년을 차로 데려다주었고 그 모습을 본 다른 사람도 협력하겠다고 나서 교대로 소년을 도서관까지 데려다주게 되었답니다.

이는 단순히 소년의 한결같고 건실한 모습과 사람들의 온정에 감동했다는 이야기에 그치지 않습니다.

하루를 반복하는 세계에서 빈곤은 특별한 문제가 아닙니다. 물자가 줄어들지 않으니 오히려 기아나 갈증에 대한 고민이 사라집니다. 그럼에도 소년이 지식에 목말라 한 이유는 언젠가 루프가 끝난 뒤의 세계를 내다봤기 때문입니다.

오래전부터 보이지 않는 미래를 생각하지 않게 된 사람들이 많습니다. 나도 그렇습니다. 그런 가운데 내일을 포기하지 않고 미래를 대비하는 소년의 존재는 많은 이들에게 희망을 주지 않았을까요. 그 뉴스를 보고 매번 할머니 병문안을 가야 하는 내 우울한 마음도 조금 가벼워졌습니다.

아, 맞다! 날마다 같은 일을 질려 하지도 않고 계속하는 사람이라면 이전에 이런 뉴스도 봤습니다.

캐나다의 유명한 격투기 선수가 총격을 당해 중상을 입은 사건이 있었습니다. 나는 사건보다 주로 미국에서 개최되는 과격한 룰의 격투기 대회에 더 큰 충격을 받았습니다.

대표적인 선진국이라는 미국에서 그런 야만적인 대회가 열리다니요. 인간은 한 발만 잘못 내디디면 야만적이고 잔인해지는 존재인가 봅니다. 아무리 다음 주기가 되면 모든 상처가 낫는다고 해도 돈마저 필요 없어진 세계에서 굳이 고통을 수반하는 격투기에 흥분하는 사람들을 좀처럼 이해하기 힘듭니다. 심지어 여성 선수도 있다고 들었습니다.

총을 맞은 격투기 선수는 바로 전에 그 대회에 참가한 챔피언이었습니다. 놀랍게도 그 사람은 루퍼가 된 뒤에도 매일 격투기 훈련을 했다고 합니다.

"몸은 단련시킬 수 없으나 기술은 가능하다. 세상이 변했을지라도 운동선수로서 발전하고 싶은 마음은 이어 가겠다."

서로 때리는 일을 스포츠로 생각하는 감성이 도무지 이해되지 않습니다만, 주변의 유혹에 굴복하거나 체념 혹은 무기력에 무너지지 않고 할 일은 해야 한다고 생각하며 해내는 금욕적인 자세는 멋있다고 생각합니다.

그 격투기 선수는 총격 사건으로 중상을 입었을 당시 통증을 억제하는 치료를 하는 데 시간이 걸리니 일단 안락사하겠냐는 제안을 거절했다고 합니다.

오늘 루프가 끝날지도 모르니까요. 그리고 마지막 날 죽으면 다시는 살아 돌아올 수 없으니까요.

속보를 보지 않아서 그가 그날 중상인 채 살아남았는지 죽었는지 모릅니다. 어쨌든 루프가 끝나지 않았으므로 고통이 그리 오래가지 않았겠죠. 다만 그건 결과론일 뿐입니다. 갑자기 시작된 루프 현상이 갑자기 종료되고 내일이 올 가능성은 언제나 있다는 주장은 백번 옳습니다.

아프리카의 소년도, 캐나다의 격투기 선수도 미래를 포기하지 않았습니다. 아직 희망을 포기하지 않은 사람들이 틀림없이 많겠죠. 이는 자칫 절망에 집어삼켜질 듯한 마음에 다소나마 위안을 주는 것 같습니다.

2. 분명 누군가 시도했을 루프에 대한 고찰

그건 그렇고, 내일이 오지 않고 오늘이 계속되는 이 현상의 정체는 무엇일까요?

많은 사람들이 논의를 계속하고 있지만 아직 답은 찾지 못했습니다.

무엇보다 스테이어에서 루퍼가 되는 조건을 알 수 없습니다. 루프 초기에는 한 사람이 루퍼가 되면 주위 사람도 '감염'되어 주위에 루퍼가 늘어난다는 가설이 있었습니다만, 지리적으로 떨어진 전 세계에서 동시에 루퍼가 발생했다는 게 사실로 판명되면서 그 가설은 깨져 버렸습니다. 일부에서는 세계가 루프하고 있다는 인식이 확산하며 루퍼가 늘어났다는 밈 감염설도 제기되었는데, 루프라는 용어 자체를 모른 상태에서 감염된 사람도 많아 지금은 헛소리로 무시되고 있습니다.

그렇다면 루퍼란 무엇일까요? 세상에 루퍼가 늘어나기 시작했을 때부터 세계가 루프하고 있음을 인식하는 사람이라는 뜻으로 해석하고 있습니다.

자기가 세계 최초의 루퍼라고 주장하는 사람이 있습니다. 그렇지만 어디까지나 자진 신고이고 주위가 모두 스테이어인 상황에서 누군가의 기억에 남을 법한 행동을 취할 수도 없었을 테니 그 사람이 진짜 최초의 루퍼인지 회의적으로 보는 사람이 많습니다.

초기 루퍼 중에 주변인의 증언 등에 의해 증명되어 일본에서 가장 유명한 사람은 알다시피 경찰 '퍼스트 맨'입니다.

전국의 경찰 조직원을 조사한 결과 가장 빨리 루프를 인식했다는 경찰입니다.

아직 주위 사람은 아무도 루프를 인식하지 못한 시기. 사람들이 서서히 루프를 인식하기 시작하면서 루프가 더 많이 발생한 시기. 세상에 루프의 존재를 주장하는 사람들이 늘어나면서 정보가 공유되기 시작한 시기. 도덕의 틀이 무너지며 쾌락 범죄에 물든 사람이 차례로 나타난 시기. 그는 루프로 인한 세계의 변화를 지켜봐 왔습니다.

자기 외에는 일어난 일을 기억할 경찰이 없었던 시기라 그는 각지에서 일어난 새로운 범죄 정보를 독자적으로 모아 왔다고 합니다. 메모와 전자 데이터를 남기지 못하는 세계에서 기록에 의존하지 않고 체포해야 할 악을 끊임없이 기억에 새겨 넣었습니다. 가히 최고의 경찰이라 할 만하죠. 일본 경찰의 상징이 된 퍼스트 맨은 지금도 매 주기의 질서 유지를 위해 분주하게 뛰어다닙니다.

요즘은 경찰도 교대로 쉽니다만, 퍼스트 맨이 루퍼가 되고 한동안은 그럴 여유가 없었습니다. 그래서 그가 루퍼가 된 날부터 150일 연속 근무라는 경이로운 기록을 달성한 일화는 너무나 유명합니다.

경시청감의 직접 명령으로 퍼스트 맨에게 첫 휴일이 주어진 날, 기억이 남지 않는다는 이유로 매일 쉬지 않고 일한 스테이어 경찰도 교대로 쉬게 한다는 발표가 있었습니다.

이 스테이어 경찰이 시사하는 바에 대해 생각해 봅니다.

스테이어 경찰은 온종일 근무해도 기억을 못 해서 매일 근무할 수 있습니다.

한편 루퍼가 된 경찰은 끝없는 일을 참다못해 무단으로 쉬거나 야간 응급 소집에 응하지 않았다고 합니다.

단순하게 생각하면 자유가 전혀 주어지지 않고 마음대로 부려진 스테이어 경찰이 불쌍해 보입니다. 그러니 혼돈 속에서도 스테이어 경찰에게 휴일을 줘야 한다는 목소리가 시민들에게서 나왔겠죠.

과연 스테이어 경찰이 불행한 걸까요?

루퍼 경찰이 쉬거나 게으름을 피우는 건 힘든 날들을 견디기 위해서입니다. 하지만 스테이어 경찰은 아무리 피곤해도, 범죄자와 싸우다 어떤 상처를 입어도, 아무리 지독한 일을 봐도 하루만 지나면 모든 기억이 사라집니다. 그러므로 애당초 쉬고 싶다는 생각조차 하지 않습니다. 바꿔 말하면 경찰 입장에서는 루퍼가 되어 루프를 인식하면서부터 불행해졌다고 할 수 있습니다.

일반적으로 스테이어에서 루퍼가 된다는 것은 아무것도 기억하지 못하는 약자의 처지에서 기억을 축적하는 유리한 쪽에 서게 됨을 의미합니다. 대다수 사람에게는 좋은 일이죠. 스테이어에 우월감을 숨기지 않는 사람마저 있습니다.

그러나 기억이 사라지지 않은 탓에 불행한 사건에 휘말릴 경우 마음의 상처가 오래 남습니다. 앞으로 영원히 계속될지 모를 오늘에 가슴 깊이 공포와 절망을 느끼는 일 또한 실제로 수없이 오늘을 보낸 기억을 지녔기 때문이겠죠.

기억이 남지 않으면 아무리 지독한 일을 당해도, 이 세상이 무간지옥이 되었다는 말을 들어도 하루 만에 모든 절망이 사라집니다.

싫은 일을 겪어도 기억이 없는 치매 환자는 행복하다. 내 말이 이런 궤변처럼 들리겠죠? 하지만 실제로 정신 이상을 일으켜 계속 자살을 시도하는 사람은 뉴스로 확인한 바 모두 루퍼입니다. 소수이기는 하나 지금까지 루퍼가 되지 않고 스테이어로 남은 사람은 범죄의 표적이 되는 일은 있어도 언젠가 루프가 된다는 사실을 알고 비관해 자살했다는 이야기는 들은 적 없습니다.

루퍼가 늘어나기 시작했을 무렵 루퍼가 되는 걸 종종 '각성'이라고 표현했습니다. 루퍼가 된다는 건 세계의 진실을 인식하는 특수한 능력을 얻는 것과 같다고 여겨졌습니다. 그러다 그 힘을 저주라고 생각하는 사람이 하나둘씩 늘어났고, 루프에 대한 또 다른 해석이 유행하기 시작했습니다.

*세계는 루프하지 않는다*는 해석입니다. 루프 현상은 루퍼의 뇌 안에서만 일어난다, 다시 말하면 루퍼라는 병에 걸린 거나 마찬가지이고 루프는 그 증상에 불과하다, 스테이어에서 루프가 되는 일은 나쁜 일이고 환영할 만한 일이 아니다, 라고 말이죠.

그 근거로 그럴듯하게 얘기되는 게 국제 우주 정거장(ISS)의 보고입니다.

대기권 밖 우주 공간에서 지낸 우주 비행사들에게도 루프 현상이 동등하게 찾아왔습니다. 한 사람, 한 사람씩 루퍼가 늘어나 지금은 ISS 우주 비행사 전원이 루퍼라고 합니다. 일전에, 지구가 갑자기 거대한 검은 막에 덮여 지구 시간이 우주의 1억분의 1의 시간으로 흐르게 되었다는 설정의 SF 소설을 읽은 적이 있습니다. 이 소설에서 지구 밖에 남겨진 ISS의 우주 비행사들은 일주일간 고심한 끝에 막 안으로 돌입했는데 지구에서는 몇 초밖에 지나지 않은 상태였습니다. 이를 계기로 지구와 우주의 시간이 달라졌음이 드러났습니다. 그런데 루프는 지구 밖에서도 똑같은 효과를 내는 듯합니다. 이 현상이 미치지 않는 곳이 있을 가능성을 검토하려고 24시간 내에 갈 수 있는 우주로 날아가자는 계획도 세웠다고 합니다. 그러나 시간 틀 밖으로 날아간다고 해도 귀환을 못 해서 그 성과가 다른 사람들에게 전달되지 않으면 의미가 없으므로 기각되었답니다.

어쨌든 루프 현상이 지구 밖까지 광범위하게 일어나고 있는 것만은 틀림없습니다. 이런 기상천외한 우주 규모의 물리적 현상이 과연 있을까요? 실제로 일어나고 있는 일이니 어쩔 수 없지 않냐고 하면 할 말이 없지만, 인간 정신만이 역행하고 있다고 생각하면 더 있을 법하지 않나요?

그렇다면 왜 세계가 루프하고 있다는 사고방식이 지금까지 주류를 차지하고 있는가. 루퍼가 많지 않았을 때 그들은 압도적으로 자유로운 특권 계급이었으니 아마도 자신들을 시간의 감옥에 갇힌 비참한 존재로 생각하지 않았겠죠. 시간이 다시 정상으로 돌아가기 시작할 때까지 자유를 구가 하면 된다고 생각하면서 말입니다.

세계 전체가 루프하고 있든, 아니면 인간의 정신이나 뇌가 시간 여행을 하고 있든 루퍼가 형기조차 인식하지 못하는 죄인이라는 사실에는 변함이 없습니다.

그렇다면 시간이란 무엇인가. 우리는 어떻게 시간의 흐름을 인식하는가. 거기까지 생각하지 않으면 루프 현상을 알아낼 방법이 없습니다. 하지만 그런 접근 방법은 물리학자 정도는 되어야 가능할 것 같아 시도할 엄두도 내지 않았습니다.

나 같은 사람은 그저 한심한 망상만 하는 거죠. 문득 이 현상을 누군가가 일으켰을 가능성을 떠올렸습니다. 모두가 한 번쯤 생각했을 겁니다. 신이 벌인 일일까, 아니면 외계인의 짓일까.

신의 벌이나 장난이라는 상상은 그다지 매력적이지 않습니다. 어리석은 인류에게 내리는 벌이거나 우왕좌왕하는 인간을 보며 얻는 희열이 목적이라면 2차 세계 대전처럼 더 어울리는 타이밍이 있었겠죠. 오늘을 되풀이하는 게 무슨 의미가 있다고요.

나는 외계인의 실험 혹은 공격 쪽이 더 구미가 당깁니다. 가령 시간에 대해 지구와 다른 인식을 지닌 지구 외 생명체 같은 것 말입니다. SF 소설에서 봤습니다. 달 뒷면이나 목성의 띠, 카이퍼 에지워스 벨트(구름 벨트)에 헵타포드(외계 생명체)나 의태 생명체 같은 게 숨어서 시간의 띠에 갇힌 우리 인간을 관찰한다는 망상은 병원이나 도서관으로 이동할 때 지루함을 달래기에 딱 좋습니다.

3. 예를 들면 이런 기적

루프 현상이 일어난 다음부터 신을 믿지 않던 사람들이 신을 신봉하는 일이 많아졌다고 합니다. 누구나 기적을 목격했으니 무리도 아니죠.

나는 많은 사람에게 화를 끼친 루프를 기적이라고 생각하지 않습니다. 그리고 앞서 언급한 대로 신이 한 일이라고 생각하지도 않습니다. 다만 세상에는 기적이라 부를 만한 일이 확실히 존재합니다.

그도 그럴 것이 얼마 전 기적이라 부를 만한 일이 내게 일어났기 때문입니다.

언젠가부터 도서관을 방문하는 시간마다 한 번호로 전화를 걸기 시작했습니다. 50주기 이상 이어진 습관입니다.

할머니가 입원한 곳과 다른 병원으로요. 이전까지 단 한 번도 내가 원하는 사람이 전화를 받지 않았습니다.

그러다 어느 날 갑자기 수화기를 드는 소리에 심장이 쿵 내려앉았습니다.

"여보세요."

전화를 받은 여성은 그렇게만 말하고 침묵했습니다.

"저…… 당신이 '마녀'라고 불리는 사람인가요?"

침묵이 이어졌습니다. 그 사람이 아닌가 해서 포기하려 했습니다.

"마녀사냥을 하는 거라면 소용없어. 지금까지 여덟 번 살해당했는데 세상은 여전히 루프 중이니까."

한심하다는 듯한 목소리였습니다. 그녀가 틀림없습니다.

그 여성은 과거에 나와 동갑인 딸을 둔 어머니였습니다.

뉴스에서 딸 사진을 봤습니다. 나와 달리 귀엽고 눈길을 끄는 소녀였습니다. 그러나 아름다운 꽃에는 독충이 꼬이는 법입니다. 나 같은 인간은 아름답다고 해서 무조건 행복한 게 아니라는 사실을 종종 잊고 삽니다. 그러다 그런 사건이 보도될 때마다 새삼 떠올리게 됩니다.

소녀는 불과 열네 살의 나이에 존엄과 생명을 빼앗겼습니다. 소녀에게서 모든 걸 앗아 간 사람은 그토록 큰 죄를 지어도 극형이 내려지지 않는 열여섯 살 소년이었습니다.

내가 전화한 여성은 딸의 복수를 맹세하고 마침내 그날 복수에 성공했습니다.

그리고 그녀는 오늘이 돌아올 때마다 복수를 계속하고 있습니다.

당신도 들은 적 있죠? 일부 사람들이 세상이 루프하게 된 계기가 되었다고 주장하는 바로 그 여성 말입니다.

"아뇨, 그런 게 아니라 저는 그냥…… 당신과 얘기가 하고 싶었어요."

"얘기? ……여기서 전화벨 소리를 들은 게 네 번째인데 다 당신이었어?"

"네, 이 시간에 전화 건 사람은 저예요. 50주기 이상이요."

"최근에는 병원에 출입하지 못하는 날이 많아졌어. 알고 있을지 모르지만 한동안 그 남자를 내 손으로 죽이지 못했어. 병원에 도착하면 남자는 이미 시체가 돼 있었어. 옥상에서 몸을 던져서."

"……병원의 야근 근무자가 깨워 준대요."

하루의 시작, 즉 일본 시간으로 오전 3시 11분에 잠들어 있지 않은 덕분에 다른 사람보다 먼저 행동할 수 있는 사람들을 언젠가부터 나이트 워치라고 부르고 있습니다. 한 학교의 학생들이 제일 먼저 쓰기 시작한 말이 호신술을 지도하러 방문한 경찰을 통해 퍼졌고, 경찰 내부에서 공식적으로 사용하는 용어가 되었습니다.

"하지만 도망치는 건 도와주지 않아. 간호사도 그런 남자를 그렇게까지 도와주지 않을 것 같고. 아니면 머리가 돈 살인마에게 원한을 샀을 가능성도 있고."

자조적인 말과 달리 그녀의 말투에는 후회의 감정이 전혀 없었습니다.

"그 남자 처지에서는 도망쳐서 하루 종일 공포를 견디며 숨는 것보다 편하게 죽는 게 나을 수 있겠지. 나도 예전에 혹시 루프가 끝나지 않을까 해서 투신자살을 시도한 적이 있어서 아는데, 적어도 나한테 살해당하는 것보다는 고통스럽지 않았을 거야."

"……그래도 매일 가세요? 직접 손대지 않아도 딸의 원수가 알아서 죽는데?"

"내가 안 가면 어느 날 그놈도 알아차리겠지. 그러면 그놈도 자살하지 않을 테고. 만약 그런 날에 루프가 끝나면? 최악의 경우 그놈은 살해당하지 않을 수 있어."

어떤 의미에서는 이 사람도 루프가 끝나는 걸 포기하지 않은 모양입니다.

"당신은 루프를 만들어 낸 원흉이라는 말에 대해 어떻게 생각하세요?"

그녀를 만나면 이것만은 반드시 묻고 싶었습니다.

자신의 복수가 세상을 다 끌어들였다면 어떻게 하겠는가?

"내가 딸의 원수를 죽이고 자살했는데도 이 현상은 끝나지 않았어. 그건 이미 수차례 보도됐어. 그런데도 먼저 나를 죽여서 목적을 이루지 못하게 막으면 어떻게 될지 궁금해서 직접 시도한 남자가 있었어. 그런 사람들에게 여덟 번이나 살해됐어. 개중에는 중세 시대 마녀사냥하듯 화형을 시킨 사람도 있었어. 진심으로 괴로웠어. 혹시 죽고 싶어도 분신자살은 절대 하지 마."

죽고 싶다고 생각한 적은 몇 번 있었으나 분신자살은 단 한 번도 생각해 보지 않았습니다. 옛날 티베트의 승려들이 중국 공산당의 격렬한 탄압에 항의하기 위해 분신자살을 했다는 뉴스는 본 적이 있습니다. 그들처럼 목숨을 걸고 호소하고 싶은 게 딱히 없다면 보통 분신으로 인생의 막을 내리려는 사람은 없겠죠.

"보다시피 마녀를 불태워 죽여도 루프는 끝나지 않았어. 감금당해서 놈을 살해하지 못한 채 하루가 지나간 적도 있었는데 결과는 마찬가지였어."

"……어디나 야만적인 사람은 있네요."

"아니면 야만적이지 않았던 사람이 공포와 혼란으로 변했을 수도 있고. 난 말이야. 나를 살해한 사람들을 원망하지 않아. 난 폭도들에게 화형당해 마땅한 사람이니까."

"그렇지만 당신은 딸의 원수를 갚았을 뿐이잖아요."

"복수 외에 나머지는 어떻게 되든 상관없어. 만에 하나 내가 정말 루프를 끝낼 수 있다면 마음껏 그 남자를 고통스럽게 한 다음에 할 거야. 그동안 세상이 불타올라도 내 알 바 아니고."

확실히 마녀가 맞았습니다. 딸을 죽인 범인을 용서할 필요는 없어도 온 세상을 끌어들이면서까지 처참한 복수를 계속하는 사람은 없을 테니까요.

"그래서 나와 당신이 다른 거야. 나에 비하면 '죽음의 천사'는 다정한 편이지."

나는 숨을 삼켰습니다. 마녀의 입에서 그 이름이 나올 줄은 전혀 예상하지 못했습니다.

"……알고 있었어요?"

"나도 뉴스는 봐. 비슷한 사례가 전 세계에서 생겨나고 있는데 의사나 간호사도 아니면서 병원의 희망 환자 전원을 구한 건 당신밖에 없지 않나? 정말 헌신적인 아이라고 생각했어."

"내가 그 사람이라는 걸 알았군요."

"마녀와 얘기가 하고 싶다? 그리고 싶은 사람이 그 사람 말고 또 있겠어?"

그렇습니다. 내가 그저 고독하고 추한 소녀였을 때라면 살인범과 접촉하는 일은 너무 무서워서 불가능했을 겁니다.

하지만 나는 더 이상 예전의 내가 아닙니다. 두 번 다시 그때의 나로 돌아갈 수 없습니다.

할머니는 말기 암이었습니다.

상태를 잘 몰랐습니다. 실은 알려고도 하지 않았습니다.

할머니의 고통을 자세히 아는 게 두려웠습니다.

세계가 이렇게 되기 며칠 전에도 어머니에게 이끌려 할머니 병원을 찾았습니다. 선뜻 나선 건 아니었습니다. 그 무렵 의사에게 앞으로 한 주나 두 주 남았을 거라는 선고를 받은 할머니는 그저 고통을 견디며 신음할 뿐 대화를 나눌 상태가 아니었고 우리가 부르는 소리조차 제대로 알아듣지 못했습니다. 그래도 우리 얼굴을 보면 할머니의 눈에 안도와 기쁨이라는 감정이 깃드는 듯 보였습니다. 하지만 그건 자기 위안에 불과할지 모르겠습니다. 죽음이 고문하듯 천천히 육체를 괴롭히는 고통을 견디는 할머니를 위해 내가 할 수 있는 일은 하나도 없다는 사실을 외면하기 위한 변명이겠죠.

부끄럽게도 루퍼가 된 다음 할머니를 떠올릴 때까지 5주기나 걸렸습니다. 스테이어로서 TV나 주변에서 상황 설명을 들었을 때는 할머니를 떠올릴 정신이 없었을 테지만, 루퍼가 된 후에도 그랬던 건 혼란스러움에 넋을 놓고 있느라 병상에서 끊임없이 고통 받는 할머니를 떠올리지 못한 게 아닐까요.

할머니가 이미 루퍼가 되었다면.

반복되는 날들 속에서 끊임없이 고통 받으며 절망의 늪에 있을 게 분명합니다. 그 사실을 깨달은 다음에도 곧바로 병원에 가지는 못했습니다.

가도 할 수 있는 게 없어서가 아닙니다. 내가 할 수 있는 유일한 일이 있음을 마음 깊숙한 곳에서 이미 깨닫고 있었기 때문입니다.

어느 날 마침내 결심을 하고 병원에 갔습니다. 그리고 병상의 할머니와 대면했습니다. 루프라는 현상에 대해 담담하게 말했습니다. 그날 할머니의 의식은 반쯤 흐렸으나 내 이야기를 들은 게 분명합니다. 놀라는 반응이 없는 걸로 보아 할머니도 이미 루퍼가 되었음을 알았습니다.

끝나지 않을 고통을 기다리기만 해야 하는 할머니를 놓고 1, 2시간쯤 더 망설였습니다. 그러나 실행하지 않고 돌아갈 수 없었습니다. 하루의 '종점'인 오전 3시 32분까지 방관하고 있을 수도 없었고요.

구체적인 방법은 기억나지 않습니다. 그게 중요한 게 아니니까요.

고통스럽지 않게 할머니를 보내 드렸습니다. 그걸로 충분하겠죠.

이런 표현이 위선적이라면 할머니를 살해했다고 바꿔 말해도 상관없습니다. 할 일을 했다는 게 무엇보다 중요합니다. 이곳에는 나 대신 이 일을 해 줄 의사나 간호사가 없었습니다.

할머니는 처음부터 저항하지 않았습니다. 손녀의 손이 더럽혀지는 게 좋을 할머니는 없을 겁니다. 그런데도 내 손에 죽는 일을 해방으로 받아들였습니다. 얼마나 혹독한 고통 속에 있었을까요? 지금까지 얼마나 많은 괴로움을 견뎠을까요? 상상조차 할 수 없었습니다.

우리는 병으로 쓰러져 죽음을 기다리는 사람들의 고통에 너무나 무심하지 않나요? 말기 암 환자만이 아니라 그저 고통스럽기만 한 사람이 이 세상에는 얼마나 많을까요? 언제부터 사람을 억지로 살려 두는 게 당연한 일이 되었나요? 아주 오래전 전쟁이 일상이던 시절이라면 도저히 목숨을 부지할 수 없는 상처를 입은 전사를 동료들이 편히 숨을 거둬 줬겠죠. 부상으로 쓰러진 동료의 부탁을 받고 숨을 끊어 주는 일이, 아무런 조치도 취하지 않고 고통스러워하는 환자를 그저 비통한 얼굴로 내려다보는 일보다 야만적이고 생명을 존중하지 않는 걸까요. 사람의 고통을 잠자코 지켜보는 게 진보한 세계의 윤리란 말인가요.

내 행위를 잘못이라고 생각하지 않더라도 살인은, 그것도 육친에게 손대는 일은 스스로를 격렬하게 파괴하는 행위였습니다. 하지만 여기서 난생처음 사람을 죽인 심경을 토로할 마음은 없습니다.

우리나라도 예전에 전쟁을 겪었습니다. 전쟁터에서 적군이나 때로는 민간인을 학살한 병사도 많았습니다. 종전 후 많은 병사가 죄책감에 시달렸다지만 대다수는 정신에 심각한 타격을 입지 않고 일상으로 돌아왔습니다. 내게 필요에 따른 살인의 트라우마는 그 정도입니다. 단순한 육체적 고통과 동족의 생명을 빼앗는 마음의 상처, 둘 중 무엇을 회피하고 싶냐고 물으면 대체로 답은 정해져 있지 않나요? 마음의 상처가 신체의 상처보다 깊다는 사람은 언젠가 몸의 상처가 나아서 고통이 사라진다는 사실을 전제로 한 게 아닐까요? 결코 나을 수 없는, 영원히 지속될 신체의 고통을 참을 수 있을까요?

할머니 병문안이 익숙한 일상이 되었을 때 할머니처럼 고통스러워하는 사람들이 마음에 걸려 병원을 돌아다니기 시작했습니다.

그리고 할머니와 마찬가지로 의식이 흐려진 채 앙상해진, 도저히 회복될 수 없을 듯한 상태의 환자들을 해방시켜 주었습니다.

지금은 다들 매일 아침 나를 손꼽아 기다리고 있습니다.

아무도 나를 말리지 않습니다. 그저 못 본 척하고 뉴스거리로 삼을 뿐입니다.

그런 날들을 보내는 가운데 어느새 '죽음의 천사'란 별명이 붙여졌습니다.

도서관에 다니는 아프리카 소년의 이야기를 떠올려 봅니다. 언젠가 루프가 갑자기 끝나면 소년이 사는 세계에서는 또다시 서로를 죽이기 시작할까요. 우리 세계에서는 병원에 소생하지 못하는 시신이 몇 구 남게 됩니다. 정상으로 돌아온 사회에서는 바로 체포되겠죠. 그 점은 항상 염두에 두고 있는데 그래도 할머니의 고통을 무시할 수 없습니다.

그럴 경우 어떤 죄에 해당할까요? 상황이 특수하므로 딱 잘라 말할 수는 없겠죠. 감옥에 가는 건 두렵지 않습니다. 어차피 독서만이 유일한 즐거움이라 갇혀도 그리 괴로울 건 없습니다.

고통의 신호를 끊임없이 내보내는 지옥. 그곳에 갇힌 병자의 고통에 비하면 징역형 따위 아무것도 아닙니다.

"지금은 마녀보다 당신이 더 유명하지 않나? 당신이 관계자가 더 많으니까."

그녀가 매일 뭘 하는지 내가 알고 있듯, 그녀도 내가 매일 뭘 하는지 알고 있었습니다. 어느새 상당히 유명해졌나 봅니다.

그녀와 이유는 달라도 나 역시 매일 살인을 저지르고 앞으로도 멈출 생각이 없어서 그녀와 대화를 나누고 싶었습니다. 그런 인간이 이 세상에 얼마나 될까요?

"'죽음의 천사'. 멋진 이름이네."

"그 별명을 붙여 준 사람은 아마 내 얼굴을 못 봤을 거예요. 나처럼 추한 사람이 천사라니……."

"당신이 추해? 말도 안 돼!"

그녀가 말했습니다. 마치 자기 딸을 달래듯 다정한 목소리로.

"무슨 짓을 해도 돌이킬 수 있는 이 세상에서는 모두가 자기 욕망만 드러내. 그런데 당신은 가족을 위해서, 다른 사람을 위해서 자신이 옳다고 생각하는 일을 하고 있잖아. 이토록 아름답게 사는 사람을 추하다고 할 수 없지."

부모님은 내가 한 일을 뉴스에서 보고 잔뜩 곪아서 당장 터져 버릴 것 같은 종기를 다루듯 조심스럽게 나를 대하고 있습니다. 거세게 비난하지도 그렇다고 위로하지도 않았습니다. 그저 이해할 수 없는 끔찍한 무언가를 보듯 대했습니다. 그래서 최대한 이른 시간에 집을 나서서 하루가 끝날 때까지 돌아가지 않았습니다. 나처럼 추한 사람은 어두운 시간에 밖을 돌아다녀도 성범죄를 당하지도 않고요.

지금 가족은 나와 할머니를 없는 사람 취급합니다.

그녀는 그런 나라는 존재를 긍정해 주었습니다.

"루프하는 세계에서 내가 만난 사람 가운데 당신 마음이 가장 아름다워."

어떤 이유에서든 아무것도 고려하지 않고 날마다 사람을 고문해 죽이려는 인간은 상식을 벗어났다고 할 수 있습니다. 괴물과 싸우다 본인이 괴물이 되지 않도록 조심해야 한다는 말이 있죠. 그럼 그녀는 정말 괴물이 되어 버린 애처로운 사람일까요.

하지만 이 괴물의 말이 말라 갈라진 땅에 스미는 비처럼 내 마음을 구원합니다. 이 세상에는 그런 기묘한 기적도 있는 법이랍니다.

그녀와의 짧은 대화 후 인정할 수밖에 없었습니다. 사실은 누군가와 이어져 있고 싶었구나.

옛날에 읽은 좋아하는 단편 소설 중에 시어도어 스터전의 「고독의 원반」이라는 작품이 있습니다. 이 작품이 실린 단편집을 헌책방에서 처음 발견했을 때 모르는 작가의 책인데도 마치 책장에서 나를 부르는 것 같았습니다. 때로 책과의 만남은 이런 식으로 찾아옵니다.

스터전이라는 작가는 세 번이나 결혼해 놓고 고독한 인간을 참 잘 묘사합니다. 「고독의 원반」에 등장하는 여성은 틈만 나면 내 친구라도 되는 양 떠오릅니다.

이 소설을 읽고 한번 해 보고 싶었던, 병에 편지를 넣어 바다에 띄우는 일을 드디어 오늘 처음으로 실행하려고 합니다.

진짜 병을 띄울 수는 없습니다. 바다까지 나가서 띄운다 한들 겨우 하루 만에 누군가 발견해 줄 리 없겠죠.

그래서 인터넷이라는 바다에 흘려보내기로 했습니다. 그 게 지금 당신이 읽는 글입니다.

아마추어 작가가 모이는 소설 투고 사이트가 있습니다. 현재는 유명한 프로 작가들도 그 사이트를 자주 이용한답 니다. 세계가 이렇게 되어 글을 보관할 방법이 사라지자 소 설가들은 어떻게 해야 작품을 발표할 수 있을지 고심했습 니다. 가장 좋은 방법은 얼마 안 되는 독자들에게 미리 알리 고 매 주기 혹은 정기적으로 인터넷에 연재하는 겁니다. 일 부 독자들은 지난 회 분량을 읽지 못하더라도 여전히 팬으 로서 작가의 신작이 나오면 기뻐해 마지않습니다. 또 일부 작가들은 정리된 내용이나 메모를 남길 수 없더라도 새로 운 이야기를 만들어 내기 위해 부단히 노력하고 있습니다. 책을 좋아하는 한 사람으로서 그들에게 경의를 표합니다.

어쩌면 그들 안에 들어가 나를 소개하고 싶었는지 모릅 니다.

지금까지의 글들을 하루에 다 완성하기 위해 뭘, 어떻게 쓸지 머릿속으로 그리고 수없이 초고를 써 왔습니다. 그리하여 오늘 이 글이 당신의 눈에 든 겁니다.

누군가에게 전해질 때까지 다음 주기에도, 그다음 주기에도 이렇게 한꺼번에 내 이야기를 적어 흘려보낼지 모릅니다. 이 글은 세 장으로 나뉘어 있으므로 각 장이 끝날 때마다 한 장씩 올리면 사람들 눈에 띌 확률이 더 많아지겠죠.

그래도 다수의 유명 인기 작가가 연재하는 사이트에서 신예 아마추어가 쓴 단편을 읽어 줄 사람은 거의 없을 겁니다. 그야말로 망망대해를 떠도는 작은 병인 거죠.

하지만 시간이 망가지는 이상한 기적도 일어난 마당에 내 글이 누군가에게 닿을 기적이 일어나지 않으리란 법 또한 없지 않을까요.

어쨌든 당신이 이 글을 읽고 있다면 편지를 담은 병이 누군가에게 도달했다는 말이겠죠. 가능하다면 당신이 고독한 사람이고 소설이라 부르지도 못할 한 인간의 이야기에서 뭔가를 느낄 수 있다면 기쁘겠습니다.

하루가 끝날 때마다 내가 올린 글에 누군가 댓글을 달지 않았나 확인하겠죠. 만약 긍정적인 댓글이 하나라도 달린다면 이번에는 다른 이야기를 써 보고 싶습니다. 완성도는 형편없을지언정 스스로 상상하고 만들어 낸 세계를 이야기하고 싶습니다.

아마 청춘의 반짝임도, 가슴 뛰는 사랑도, 미래의 꿈도 등장하지 않는 잿빛 이야기를 그릴 겁니다. 하지만 이 세상 어딘가에는 그런 이야기에 구원 받는 사람도 존재하지 않을까요? 살인자가 살인자에게 구원 받았듯이.

쓸쓸한 누군가와 추한 누군가가 내 이야기로 아주 조금이나마 마음의 위로를 얻는다면 정말 행복할 겁니다. 다른 사람과 섞이지 않고 책의 바다에 빠져 사는 나라도 누군가와 이어질 수 있다면.

오늘은 이 정도가 한계일 듯합니다. 하루의 '종점' 가까이에 올려 봤자 아무도 못 볼 테니까 지금쯤 슬슬 병을 던져야겠네요. 오전 0시. 누군가에게 닿기를 바라며 '게시' 버튼을 누릅니다.

오늘이라는 시간에 갇힌 당신의 드라마는?

이 하루가 계속 이어져 영원히 내일이 오지 않으면 좋겠다. 어린 시절 얼마 남지 않은 방학을 앞두고 오늘의 즐거움이 곧 사라지리라는 안타까움에 한 번쯤 지금 이 시간이 영원히 계속되었으면 좋겠다고 바랐던 순간이 있었을 것이다. 혹은 고2 겨울 방학이나 대학교 4학년의 어디쯤에 곧 다가올 고3 혹은 취업이라는 시련을 잠시나마 잊고 싶어 영원히 내일이 찾아오지 않기를 바라 본 적이 있을 것이다.

그런데 정말 그런 시간이 찾아온다면 당신은 영원히 계속될 오늘 무엇을 할 것인가?

그런 상황에 처한 다섯 명의 이야기가 우리 앞에 놓여 있다. 그들은 어떤 날을 맞았고 어떤 행동에 나섰을까.

제일 먼저 잔인하게 살해당한 딸의 복수를 다짐한 부모가 있다. 그는 여러 해의 준비를 마치고 드디어 결행의 날을 맞았다. 사람을 죽여야 한다는 긴장을 그동안 꼭꼭 채워 온 살의로 억누르고 복수에 성공한 날 불행하게도 세상은 그 하루를 반복하기 시작했다. 그는 딸의 복수를 계속할 것인가, 아니면 영원히 끝내지 못할 복수를 포기할 것인가?

장래 희망 따위 없었던 여고생도 새로운 세계를 맞았다. 그는 내일이 없다는 이유로 서슴없이 폭력을 저지르는 혼란한 세상 속에 그 폭력의 먹잇감이 되어 살고 있다. 어떻게든 오늘을 무사히 보내야 한다는 생각에 칼과 망치로 무장하고 자기를 지켜 주는 나이트 워치와 조금이라도 안전한 곳을 찾아 움직이는 일상을 보내고 있다. 이 여고생에게는 내일이 와도 여전히 의미 없는 시간일까?

세 번째 주인공은 자기를 괴롭히는 아이를 혼내 주려고 무도를 시작해 지금은 격투기 웰터급 최강자가 된 남자다. 그러다 교통사고로 크게 다치는 바람에 오랜 재활을 거쳐야 했는데 드디어 케이지 안에 다시 설 수 있게 되었을 때 오늘이 반복되는 세상이 되고 말았다. 그래도 그는 매일 체육관으로 향한다. 체력조차 매일 새로 세팅되는 세상에서 그는 매일 땀을 흘리며 기술을 연마한다. 그에게 중요한 일은 사랑하는 격투기를 지키는 것이다. 그런 그는 과연 무대에 서게 될까?

아프리카의 가난한 마을에서 태어난 천재 소년의 이야기도 있다. 소년은 물터를 놓고 벌어지는 살육을 끝내고 싶어서, 나아가 마을과 나라의 가난을 구하고 싶어서 공부를 시작한다. 그러나 오늘이 반복되면서 사라질 자원을 놓고 벌어지는 싸움은 더 이상 일어나지 않는다. 더는 변할 게 없는 세상에서 소년은 자신이 세계를 바꾸겠다고 나선다. 나아가지 않는 시간 속에서 소년은 과연 세계를 바꿀 수 있을까?

마지막으로 매일 말기 암을 앓는 할머니의 병문안을 가는 소녀의 목소리가 펼쳐진다. 소녀는 자기가 너무 못생겼다는 사실을 깨닫고, 미남 미녀가 활약하는 영상과 멀어지고 외모로 사람을 가늠하는 타인들의 눈을 피해 활자 속으로 도피했다. 오늘이 매일 반복되어도 소녀의 일상은 달라지지 않았다. 활자 속에서 자기만의 세계를 그리면 그만이다. 매일 그녀는 할머니를 찾아가고 도서관에서 고전을 읽는다. 그녀가 고집하는 '일과'의 의미는 무엇일까?

일본과 캐나다, 아프리카를 넘나드는 이야기 속에서 우리도 선택해야 한다. 나는 어떻게 살 것인가? 30퍼센트의 인간에 속해 기약 없는 자유에 몸을 맡기고 온갖 악행을 저지를까, 지루한 일상에 좌절해 매일 자살할까, 아니면 무료하게 새로 주어진 시간을 그저 흘려보낼까…… 아니면 다섯 주인공처럼 어떤 행동에 나설까.

옮긴이의 말

어! 이런 고민이라면 지금도 마찬가지 아닌가? 모두가 매일 생각하고 선택에 쫓기고 있는 문제. 이 시간을, 내 인생을 어떻게 꾸려 나갈 것인가? 그 답을 얻겠다고 철학책이나 고전을 들춰 보고 실용서에 적힌 대로 따라 하고 미라클 모닝도 하고 운동도 하고 학원에 등록도 하고, 별짓을 다 하고 있지 않나?

아하! 우리의 영리한 작가님이 오늘이 반복된다는 매우 특이한 상황 속의 이야기를 우리에게 던지고 결국은 어떻게 살 것인가, 라는 가장 보편적인 질문을 던지고 있구나. 절로 머리가 아파지는 철학책이 아니라도, 이렇게 해라, 저렇게 해라 온갖 방법론을 늘어놓지 않아도 우리에게 가장 근본적인 질문을 슬그머니, 그것도 흥미로운 이야기를 통해 내놓은 작가의 한 수에 무릎을 치게 된다.

이 이야기를 SF 장르에 한정 지을 수 있을까? 평행 세계와 디스토피아, 우주여행 같은 상상력이 우리의 구미를 당기는 SF 세계에서 한 번도 고려해 보지 않은 설정값이 우리 앞에 놓였다. 완전히 새로운 이야기다. 이렇게 참신한 상상력을 우리에게 제시한 작가 또한 참신하다. 이 책으로 데뷔한 미야노 유는 소설 투고 사이트에 이 글을 올렸다가 정식으로 등단한 신진 작가다. 첫 작품의 완성도가 이 정도라니 앞으로 이 작가의 신작을 읽어 나갈 재미가 반복될 내 하루에 더해졌다.

내일이 사라졌다
TOMORROW·NEVER·KNOWS

2025년 2월 14일 1판 1쇄 인쇄
2025년 2월 28일 1판 1쇄 발행

지은이 미야노 유 | 민경욱 옮김

발행인 황민호
콘텐츠4사업본부장 박정훈
편집기획 신주식 최경민 이예린
마케팅 조안나 이유진
제작 최택순 성시원
디자인 ALL

발행처 대원씨아이(주)
주소 서울특별시 용산구 한강대로 15길 9-12
전화 (02)2071-2018
팩스 (02)797-1023
등록 제3-563호
등록일자 1992년5월11일

www.dwci.co.kr

ISBN 979-11-423-0203-9 03830